ベリーズ文庫

別れを決めたので、最後に愛をください
～60日間のかりそめ婚で御曹司の独占欲が溢れ出す～

森野りも

STARTS
スターツ出版株式会社

目次

別れを決めたので、最後に愛をください
～60日間のかりそめ婚で御曹司の独占欲が溢れ出す～

プロローグ……6
失恋の足音……9
最後で初めての夜……57
俺の妻になれ……99
彼の本気……116
君にとっては終わりでも、俺にとっては始まりだった……129
想いは沈めて……160
彼の望む女性……177
御曹司、焦る……192

告白と離れる決意……202
ほどける糸……224
エピローグ……253

特別書き下ろし番外編

完璧な夫とかわいい妻……270

あとがき……286

別れを決めたので、最後に愛をください
～60日間のかりそめ婚で御曹司の独占欲が溢れ出す～

プロローグ

「俺のものになる覚悟があるなら、そのつもりで君を抱く」

「和《かず》くん……」

ベッドサイドの間接照明にほのかに照らされた和輝《かずき》の顔。その表情から感情は読み取れない。

（一度だけ。最初で最後ならきっと許される）

「……覚悟なら、あるよ」

未来《みく》は頬に添えられた和輝の手の甲におずおずと自分の手のひらを重ねた。気持ちを伝えるために目は離さなかった。

「和くんが嫌じゃなかったら……もらってください」

なにかが大きく動きだす前の張りつめた静寂がふたりの間に落ちる。

「わかった」

和輝は短く答えると上半身をかがめ、唇を重ねてきた。

「ん……」

未来が優しいキスの感覚を追っているうちに和輝の手が未来のワンピースの襟ぐりにかかり、器用に脱がしていく。

耳たぶに、首筋に唇を這わせつつ、彼の手のひらが下着姿になった未来の輪郭を探るようになでていく。

胸もとの下着がずらされ、やわらかいところに吸いつかれる。体の芯を溶かすほどの心地よさが、鼻にかかったような甘えた声となって漏れた。

「……ん……や、はずか、しい」

媚びるような声が自分のものとは思いたくなくて抑えようとするが、和輝は未来の唇を食みながらささやく。

「恥ずかしがらないでいい。見ているのも、聞いているのも……俺だけだ」

和輝は未来の手首を掴《つか》むと導くように手のひらで自らの頬を触らせた後、指先に触れるだけのキスを落とした。

やがて身に着けていたものがすべて取り払われ、和輝も自ら服を脱ぎ捨てた。

体のいたるところに彼の唇と指先を感じているうちに羞恥心は消え、甘い蜂蜜の中に自分がとろけていくような感覚になる。

「和くん……」

「俺に、委ねて」

和輝はいたわるようなキスを続けつつ、骨ばった長い指で未来の中をほぐしていく。

「あっ……」

得体のしれない感覚に追い立てられた未来は、和輝の逞《たくま》しい背中に両手を伸ばし、夢中でしがみつく。

彼はそっと抱きしめ返してくれた。

優しい腕に包まれて、彼への想いが切ないくらいにあふれていく。

それでも未来は必死に自分に言い聞かせた。最愛の人に抱かれるのは、これが最初で最後だと──。

失恋の足音

「佐野《さの》さん、頼まれていた契約書ができました。今送ったので見ていただけますか」

午後二時。園田《そのだ》未来はノートパソコンから顔を上げ、斜め向かいに座る上司に声をかけた。

「お、さすがうちの期待の新人、仕事が早くて助かるよ」

四十代の男性課長、佐野は気さくで親しみやすい性格だが、入社二年目の自分をいまだに新人扱いする。未来は思わず苦笑した。

未来の勤めるここ『株式会社ＩＮＯＳＥ《イノセ》』は、文房具から事務機器、家具まで幅広く事業展開している総合事務機器メーカー。国内では一、二を争うシェアを誇る大企業である。

未来はその中で主に、オフィス向け家具を取り扱うファーニチャー部門、国内法人営業部の関東《かんとう》営業一課に所属している。

国内法人営業部は主に、企業向けに事務機器の販売やオフィス環境のデザイン、構築などを担う部署だ。

未来は営業事務を担当している。営業担当者と連携して受発注処理や在庫管理、資料作成などを行い、時には顧客と直接やりとりすることもあるやりがいのある業務だ。

「えーっと、佐野さん、私もうすぐ三年目に入るんですが」

一五八センチで華奢な体つき、肩下まで伸ばしている少し茶色がかった髪はやわらかく、大きい瞳に対して小さめの鼻と口が二十四歳という年齢より若い印象を与えているらしい。

少しは頼れる大人の女性として認識されたいのだが、この雰囲気のせいか周りの人にかわいがられるばかりで、ありがたいと思いつつ少々複雑だ。

わざとらしく肩をすくめてみせると、佐野は頭をかいて苦笑した。

「ごめんごめん、園田さんはうちで一番若いからついね。データはすぐ確認するよ。問題なかったら法務部のチェックに回してもらえるかな」

「わかりました。よろしくお願いします」

職場の人間関係にも恵まれ、未来は日々忙しくも楽しく仕事に向き合っていた。

午後の仕事が一段落したので、未来は少し休憩しようとひとりオフィス内のマグネットスペースにやって来た。

ここは文字通り社員が引き合うように集まって、偶発的なコミュニケーションが生まれるよう意識的に設けられた場所だ。

カウンターには無料のコーヒーサーバーや、焼き菓子などのちょっとしたリフレッシュスイーツが常備してある。

社員に向けた連絡事項が映し出される掲示板代わりのモニターも置かれており、社員は自由にコーヒーを飲んだり、雑談をしたりして過ごせるようになっているが、今はたまたまほかの社員の姿はない。

イノセは事務機器メーカーだけあって、自社のオフィスには常に最新の働き方ができる工夫がされている。

最近はリモートワークをする社員も多いため、組織内のコミュニケーションを絶やさないようなオフィス環境を会社全体で模索中だ。

実務を行う場所は部署ごとに決まっているが、基本固定席は設けられておらず、自分の都合に合わせて好きな席で働いていいというルール。

オフィスビルの中でありながら、十八階と十九階はフロア中央の階段でつながっており行き来できる。そこも風通しがいいようにと考慮されているのだろう。

未来がコーヒーを片手にひと息入れていると、視界の先に長身の男性をとらえた。

彼がこうしてオフィスフロアに現れることは珍しくはないのだが、その圧倒的な存在感にいつも目を奪われる。

そう感じるのは未来だけではないらしく、とくに女性社員の目が彼に惹きつけられているのがここからでもわかった。

フロアの奥の方に立って何人かの社員と話をしているのは、イノセの副社長である猪瀬《いのせ》和輝、三十二歳。

現社長・猪瀬貴久《たかひさ》のひとり息子で次期社長。いわゆる〝御曹司〟である。

一八〇センチを超える長身で、オーダーメイドのブラックスーツを完璧に着こなしている。

均整の取れた体形は、幼少から空手を習い学生時代にバスケットボールをしていたからで、今も忙しい時間を縫ってジョギングをしたりジムに通ったりして維持しているのを未来は知っている。

逞しさに見合った精悍な顔立ちをしており二重の切れ長の目は涼やかで、すっと伸びた鼻梁、引きしまった男らしい口とともに最善の配置がなされている。艶やかな黒髪は軽くなでつけうしろに流している。

大人の男として隙がいっさいない姿は、誰が見ても〝迫力のあるクールイケメン〟

という印象を受けるだろう。

前社長で今は亡き祖父が興したイノセは、現社長と副社長である和輝の手腕で盤石な経営を続けている。

時に合理的に冷酷な判断を下すことも厭わない和輝は、カリスマ性を備えた〝冷静沈着な副社長〟として社内外で広く知られている。

一般社員の自分から見たら、あまりにも遠い存在だ。

彼を会社で見かけるといまだに不思議な気持ちになる。イノセの創業一家と自分の間にプライベートなつながりがあるなんて。

(今日は猪瀬のお屋敷に行くって約束してるけど、会えるといいな)

未来は和輝の姿をしばらく眺めた後、残りのコーヒーを飲み干した。


「未来です！」

『未来さん、おかえりなさいませ』

インターフォン越しの会話が終わると同時に、重厚な門のロックがはずれて自動的に開く。

慣れた足取りで、未来はよく手入れされた庭を通り過ぎ玄関に入っていく。

定時で仕事を終えた未来は、猪瀬家を訪れた。

東京《とうきょう》の高級住宅地として知られる港区《みなとく》白金台《しろかねだい》に立つ大きな屋敷。有名な建築家が建てたという洋館で、ところどころ和のテイストが取り入れられ大正《たいしょう》ロマン的な佇まいを感じさせる雰囲気のある建物だ。

広大なエントランスで壮年の男性が出迎えてくれる。

「お仕事お疲れさまです。外は寒くなかったですか？」

「思ったより寒くて。三月になったからって油断してました」

「さあ、お入りください、美津子《みつこ》様がお待ちです」

落ち着いたブラウンのスーツを着て柔和な笑みを浮かべるのは、昔から猪瀬家の執事を務める井部《いべ》という五十代後半の紳士だ。

「それにしても、こちらにお帰りになるときは会社までお迎えに上がるといつも申しておりますのに」

「いえいえ、そういうわけにもいかないですし、通い慣れた道ですから」

井部に微笑みながら未来はリビングに向かった。

「美津子さん、こんばんは！」

「あら、未来ちゃんおかえりなさい。待ってたわよ」

広いリビングのソファーに座る年配の女性が顔を上げてうれしそうに笑った。

彼女は猪瀬美津子。現社長の母であり、和輝の祖母だ。

前当主でイノセの社長だった夫は三十年前に亡くなっている。

美津子は御年《おんとし》八十近いのだが、小さな体で着物を着こなし、背筋もしゃんとしているため年齢よりずいぶん若く見える。

スマートフォンでトークアプリを使えるようになりたいから教えてほしいと連絡があり、未来は今日こうして屋敷を訪れた。

「未来ちゃん悪いわね。井部はこういうのには疎くてねぇ……」

「私でよければいくらでも教えますよ」

未来は美津子の隣に座り、スマートフォンを覗《のぞ》き込んで操作の仕方を丁寧に教えていった。

「このマークをタッチすると開くから、ここからメッセージを送る人を選んで……」

「文字が小さくてねぇ、よく見えないのよ」

「じゃあ、サイズ大きくしておきますね」

ふたりは、はたから見たら祖母と孫娘に見えるかもしれない。

しかし未来は美津子の孫ではないし、この家の血縁者ですらない。

猪瀬家と縁を持ったのは、今は亡き和輝の母と未来の母が友人関係だったのが始まりだ。

未来は幼少期、母に連れられて猪瀬家を頻繁に訪れ、和輝の母をはじめ猪瀬家の人たちにかわいがってもらっていた。

その後、ある事情から数年間〝親戚の娘〟としてこの家で暮らした時期があったため、彼らはこうしてたまに訪れる未来を『おかえり』と言っていまだに家族のように迎え入れてくれる。

「今日は金曜だから和輝も帰ってくると思うわ」

「和くんは週末くらいお屋敷でゆっくりしたいんでしょうね」

未来は物心ついた頃から和輝のことを〝和くん〟と呼んできた。大人になった今でも、猪瀬家の人と話すときは慣れ親しんだ呼び方をさせてもらっている。

ひとしきりスマートフォン講座が終わると、井部が出してくれた紅茶とレーズンサンドをいただきつつ雑談する。

和輝は都内の一流私立大学を卒業後、家業に入った。営業部や商品開発部で現場を学び、経営企画部長を経て副社長になったのが三年前。屋敷を出てマンションでひとり暮らしを始めたのはそれより少し前だが、金曜の夜から週末にかけてはよく戻ってくるそうだ。

未来は、ここを訪れる用事があるときはなるべく金曜に合わせるようにしている。それは好きな人に会いたいという単純な理由からだ。

八才年上の和輝は、子どもの頃から未来にとって優しくてなんでもできる〝憧れのお兄ちゃん〟だった。

だが成長するにつれ、憧れだけではない気持ちが徐々に混じるようになっていった。

恋心をはっきり自覚したのは十五歳のとき。自分は彼と釣り合わないから想いを伝えてはいけないとわかっている。でもせめて彼が独身でいる間は、と片想いを続けていた。

(もうすぐ十年って、我ながらしつこすぎない？ でもあきらめられないのは和くんがいつまでもかっこいいのがいけないんだと思う。結婚でもしてくれれば、さすがに踏んぎりがつくかもしれないけど)

自分勝手な方向に想いを巡らせている未来に、美津子は「そういえば」と表情を明るくする。

「和輝、やっと結婚する気になったらしいのよ」

未来は美津子の衝撃的な発言に目を丸くした。

「結婚っ？」

聞き返した声は上ずっていた。

「あの子ったら今まで、縁談を持ち込まれても『忙しいし興味もない』ってかたくなに断って会おうともしなかったでしょ？　私も、本人の自由だと思ってこれまでは放っておいたけど、さすがに今年三十三歳にもなるし心配になってね。先週帰ってきたとき、このままひとりでいるのかって詰め寄ったら『結婚はするつもりだ』って！」

「そう、なんだ。するつもりなんだ」

思わず言葉が口から漏れる。

「最近、従兄弟や大学の後輩が立て続けに結婚を決めているから、影響を受けてくれたのかしらねぇ」

うれしそうな美津子に未来は引きつった笑顔で答える。

「和くんも少しお仕事が落ち着いてきて、結婚とか考える余裕が出てきたのかもしれませんね」

「そうそう！　だからね、本人がその気になった今がチャンスだと思っていろいろ準備しててね」

「えっと、準備って？」

「今、お相手を見繕っているところなの。よさそうなお嬢さんがいたらすぐにお見合いさせようと思って」

「わあ、お見合いかあ。いいお相手がいるといいですね」

乱れまくる心の内を出さないよう、なんとか上辺だけ話を合わせ続ける。

未来の心を占めるのは『ああ、とうとうこの時がきちゃったか』という胸が詰まる感情だった。

（考えてみれば当然だよね。猪瀬家のひとり息子がいつまでも結婚しないでいるわけにもいかないし。でも、そっか、お見合い……）

あまりのショックに、その後美津子といただいた夕食はあまり味を感じなかった。

夕食を終えた後、リビングで美津子とコーヒーを飲んでいると、明るい声とともにこの家の当主が帰宅した。

「未来ちゃん、久しぶりだね」

イノセの社長、猪瀬貴久。前経営者の父から若くして社長を引き継いだにもかかわらず、卓越した経営手腕で業績を着実に成長させている。

五十代半ばにはまったく見えず、引きしまった体形が若々しい。和輝の彫りの深い顔立ちは父親から遺伝したと思われる。

社会的地位と温厚な性格も相まって、若い頃、いや今でも十分モテるはずだが、浮いた話や再婚の話はいっさい聞いたことがない。

それは常々貴久が『僕の生涯のパートナーは晶子《あきこ》だけだ』と、亡くなった妻への思いを公言してはばからないからだろう。

「おじさん、おかえりなさい」

「ただいま。今日は未来ちゃんが帰ってくるって聞いたから、おじさんさっさと会食を終わらせてきたよ」

貴久は快活に笑うと、ソファーに腰掛け相好を崩す。

「あらあら、社長がそれでいいのかしら」

「たまにはいいんだよ。母さんこそ、今まで未来ちゃんをひとり占めしてたんだろう?」

「そうよ、〝女子会〟は楽しいんですから、男性は邪魔です」

「ずいぶん年の差がある女子会だなぁ。ね、未来ちゃん」

「私も美津子さんと女子会するの楽しいですから」

未来が笑って答えると、貴久は「おじさんも仲間に入れてくれよ」と拗《す》ねたふりをする。

勤め先のトップに君臨する人物だ。本来なら、一般社員の自分がこうして気軽に会話ができるような相手ではない。

会社での印象は、温厚だが指導力のあるどっしり構えた威厳のある社長というイメージの貴久。

でも、未来にとって幼い頃から知っている彼は『優しくて大好きなおじさん』だ。

貴久も娘のようにかわいがってくれているから、未来もこの家に来るときはあえて以前と同じように接しているし、仕事の話はしないようにしている。

会社でも猪瀬家と縁があることは隠しており、知る人間はごくわずかだ。創業一族と個人的な関わりがあると周りに知られて、万が一うがった目で見られたり仕事がやりにくくなったりするのが嫌だからだ。

しばらく三人で談笑していると、美津子が思い出したかのように言いだす。

「そういえば、未来ちゃんにはいい人いないの？」

「えっ」

急に振られた話に、未来はギクリと肩を震わせる。

「い、いい人って、美津子さんたらいきなりどうしたんですか」

「だって女子会っていったら〝恋バナ〟でしょう？」

美津子は物知り顔で微笑む。

「そうだな、未来ちゃんはかわいいからモテるだろう」

貴久まで前のめりに話に加わってきた。

（え、これはなんて答えるのが正解？）

かわいいと言ってくれるのは完全に貴久のリップサービスだとしても、今まで告白された経験がないわけではない。しかしどうしても和輝への想いが邪魔をして、彼氏をつくりたいと思えなかったのだ。

それをこの人たちに正直に言うわけにはいかないし、さらりと嘘をつくのも性格的に難しい。

「なんというか、私、ずっと好きな人がいて……」

慎重に言葉を選んで話しだすと、貴久が突然顔色を変えた。

「好きな人？　付き合ってるのか？　どこの馬の骨だ。まともなやつか、一度おじさんに会わせなさい！」

「あはは……」

（あなたの息子さんです。だいぶ立派なサラブレッドの骨ですし、おじさんは会社で毎日のように会ってますよ）

未来は心の中で思いきり苦笑する。

「好きといっても片想いしてて。えっと、学生の頃から好きな人を忘れられないみたいな、よくある話なんです」

言葉を濁しまくるが嘘は言っていない。

「まあ、それで？」

「未来ちゃんに想われ続けてるなんて、けしからん男だな、で？」

美津子と貴久が興味津々という顔で、前のめり気味に未来の話の続きを待っている。

（え、まだ続くの？）

「えー、こういう話するの恥ずかしいなぁ」

お願いだからこれ以上突っ込まないでほしいと、笑ってごまかす作戦に出ていたとき、この家のサラブレッドがリビングに現れた。

「未来、帰っていたんだな」

「あ、和くん、おかえりなさい！」

和輝は今日会社で見かけたままの麗しいブラックスーツ姿だ。

しかし、帰って早々にもかかわらず座ろうともしない。

「もう遅いだろう。送っていく」

「あら和輝、せっかく未来ちゃんとお話ししていたのに、急がなくてもいいでしょう」

「僕なんてさっき帰ってきたばかりなのに」

不満げな祖母と父に和輝は事もなげに言い返す。

「未来だって疲れてるんです。あと父さん、どうせ会食切り上げて帰ってきたんでしょう。あんまり秘書を困らせないでください」

「あの、おじさん美津子さん、また来ますね！」

これ以上自分の恋バナを突っ込まれたくない未来は、名残惜しそうなふたりに挨拶をして帰ることにした。

玄関で井部が未来のスプリングコートを手渡してくれる。

「また近いうちにお帰りくださいね」

「井部さんありがとうございます。おじゃましました」

受け取ったコートに袖を通してから、玄関を出て和輝とふたり車庫に向かう。

「無理に美津子さんに付き合わなくてもいいんだぞ。せっかくの週末の夜、未来も予定があるだろう？」

和輝は『おばあちゃんなんて言われたくないわ』という美津子の希望で、子どもの頃から祖母を〝美津子さん〟と呼んでおり、未来もそれにならっている。

「大丈夫だよ。別に予定があるわけじゃないし、私も美津子さんやおじさんに会いたいから」

和輝の気遣いに未来は素直に答えた。

(もちろんふたりにも会いたいけど、一番会いたいのは和くん……なんだけどね)

「いつも送ってもらってごめんね。和くんだってお仕事で疲れてるのに」

未来が夜に屋敷を訪れるときは、いつもこうして和輝が車で送ってくれる。

電車のある時間なら自分で帰れると言っても、彼は絶対に譲ってくれないのだ。

「いや、かまわない……未来、マフラーはしてこなかったのか?」

未来の首もとを見て和輝がわずかに顔をしかめた。

「三月になるとさすがにね」

季節が春に入っているのにマフラーを巻くのは季節はずれな気がして、最近は多少寒くても身に着けていない。

「今日は寒かったし、夜はとくに冷えるだろう。ほら」

和輝は手に持っていた自分の薄手のマフラーを強引に未来の首にかけてくる。

「あ、ありがとう」

「未来は寒がりだからな」

（車で送ってくれるから大丈夫なんだけどな……）

たしかに未来は子どもの頃から寒がりで、冬は庭で遊んでもらうたびに寒いと言って困らせた記憶がある。

そんなとき、彼は『未来は寒がりだなぁ』と笑いながら自分の上着やマフラーを貸してくれた。

今でもこうして心配してくれるのはうれしいが、和輝の中で自分は今でも頼りない子どものような存在だと思うと複雑な気持ちになる。

和輝が少しかがんで自分の首もとでマフラーをキュッと結ぶのを受け入れる。つい距離の近さと指先の動きを意識してしまう。マフラーから彼のまとう爽やかだけど落ち着いた香りが漂い、鼓動が高鳴る。

（なんというか、抱きしめられているような気がしちゃう……）

寒いどころか顔が熱い。頬が赤くなっているのがばれないように、未来はなんとか平静を装った。

和輝の愛車は国産最高級車のセダンだ。乗り心地がいいのは車の性能もあるが彼の運転がうまいのもあるだろう。

すべるように夜の街を走る車内では、耳障りのいいJポップのバラードが控えめな音量で流れている。

クラシックやジャズを好む和輝だが、車に乗るときはこういう大衆的な曲を聴いているようだ。

心地よく耳を傾けながら他愛のない会話をする。

「でね、美津子さんのスマホにアプリ設定しておいたから、和くんにも連絡いくかも」

「俺のところにはこないかもしれないな。いつも冷たい孫だって言われているから」

自立のために屋敷を出たという和輝だが、祖母のそばを離れたことを今でも気にしていて、彼女がたまに言う冗談を真に受けているのかもしれない。

「それはないよ。美津子さんいつも和くんのこと話してるし、和くんも毎週、美津子さんの様子を見にお屋敷に戻ってきてるんでしょ」

未来が言うと、和輝はちらりとこちらに視線をよこした。

「まあ、元気そうに見えても持病はあるからな」

「うん、あのときは心配したよ」

美津子は去年、心臓発作を起こした。心房細動と診断され、命の危険はないものの今は発作を抑える薬を飲んでいる。

「でも、お婿さんが心臓の専門医だから安心だね」

貴久の妹、和輝にとっての叔母は産婦人科医をしていて、その夫は心臓外科医だ。

都内の大学病院に勤めていると聞いている。

「娘の旦那じゃなくて、もっと若いイケメンドクターがいいと言っているが」

「ふふ、美津子さんらしいね」

和輝は口数の多い方ではないが、未来の話を聞き流さずきちんと耳を傾けてくれるし、きちんと返事をくれる。

でも、未来が彼自身の思いや本音を聞いたことはほとんどない気がする。

(お嫁さんになる人には、きっとなんでも話すんだろうな。家族になるんだもんね)

未来は切ない想いを持てあましながら、車窓を流れる景色を眺めた。

しばらくすると和輝が「未来」と声をかけてきた。

「まだ少し先だけど、次の未来の誕生日、いつも通り予定空けてくれるか?」

彼の問いに未来は返答に詰まる。

(私の誕生日までに和くんはお見合いをしているのかな)

未来の誕生日は五月二十一日だ。それまであと二か月ある。

日々多忙な彼だが、毎年この日だけは前もって予定を空けてくれる。

さすがにすぐの結婚はないだろうが、もしかしたら縁談相手が決まり実際会っている可能性がある。

そんな状況で、自分とふたりきりで会ってもいいのだろうか。

（でも、和くんにとって私はそんなの気にしなくていいくらいの存在なのかも。そう思うとなかなか切ないな……さすがにもう長年の片想いは終わりにしなきゃ）

返事がないのをおかしいと思ったのか、和輝は信号が赤になり停車したタイミングでフロントガラスから未来に視線を移した。

「未来？」

「私は大丈夫だよ。毎年ありがとう」

返事を聞いた和輝は、ふっと表情を緩めたように見えた。

「わかった。今年はたしか日曜だったな。欲しい物があったら一緒に買いに行くか？」

「ううん、おいしいご飯食べられたらそれで十分」

「まったく未来は欲がないな。わかった。なんでも好きな物を食べさせてやる」

「じゃあ、お肉がいいな。高級なお肉！」

あえて未来は明るくおねだりをする。

「わかった。肉のうまい店探しておく」

「ありがとう！　楽しみにしてるね」

顔だけ彼に向けてお礼を言うと、笑みを浮かべた和輝は長い腕を伸ばし未来の頭をポンポンとなでた。

こうして頭をなでてくれるのも昔から変わらない。

未来がうれしい出来事を報告したとき、悲しみに沈んだとき、そして不安に押しつぶされそうなときもこの手はいたわるようになでてくれた。

会社では常にクールでキリッとした印象の和輝だが、彼の海のように深い優しさを未来は知っている。

時折見せてくれるこのやわらかい表情は自分だけのものと、ついうぬぼれたくなる。

それが、幼なじみの〝妹〟に向ける親愛の情にすぎないにしても。

再び車は走り出し、しばらくすると未来の住むアパートに到着した。

和輝はいつものように車から降り、アパートの玄関先まで未来を送る。

そしていつものように眉間にしわを寄せた。

「何度も言っているが、ここはセキュリティがよくない。引っ越すつもりはないのか？」

「もう、十分安全だから大丈夫って言ってるのに」

二十歳の頃から住み続けているこのアパートは開けた場所にあるし、エントランスはオートロックでカメラ付きのインターフォンもある。一般のアパートよりセキュリティが整っているし、未来が住んでいるのは三階だ。

和輝が言うほど不用心ではないと思うのだが、コンシェルジュがいるような高級マンションに住んでいる彼には心もとなく感じるのだろう。

何事も身の丈というものがある。未来はここで十分すぎるくらいだ。

「でも、女性のひとり暮らしなんだから用心に越したことはないだろう」

「大丈夫だって。はい、和くん。マフラーありがとう」

未来は首に巻かれていたマフラーをはずし、軽く畳んで差し出す。

彼は仕方ないなという顔をしながらそれを受け取った。

「じゃあ、入ったらすぐに鍵をかけろよ。おやすみ」

「うん、和くんも帰り気をつけてね。おやすみなさい」

未来はドアを閉め、言われた通り内側から鍵をかけた。

靴を脱ぎ部屋に入ると反対側の窓辺に立ち、和輝が車に乗り帰っていくのを見送る。

「……結局私は和くんの妹のままだったんだな。それもいつまでも頼りない妹」

先ほどまでマフラーから感じていた彼の温もりも香りもあっさりと消え去り、今、首もとに感じるのはこの部屋のひんやりとした空気だけだった。

未来は中学二年生のときに母を亡くしている。

園田家は父孝志《たかし》と母ゆりえ、未来の三人家族だった。

父は都内に本社のある製薬会社に勤める優秀な研究者で、とにかく研究に人生の九割五分をかけるような人だった。

一度プロジェクトが始まると国内海外問わず研究施設に行ったきりになり長期間家に帰らないし、家にいる間も書斎に閉じこもり仕事ばかりしていた。

『お父さんは病気で苦しむ人のためにがんばってお薬を作ってくれているのよ』

母はそう言っていたが、時折寂しそうな顔をしていたから、きっと我慢していたのだと思う。

和輝の母はそんな親友を気遣い、母と未来を嫁ぎ先の猪瀬家に頻繁に呼んでくれた。

子どもの頃の未来の記憶は、父と遊んだ記憶より猪瀬の屋敷で遊んだ思い出の方が多いくらいだ。

大きな家に広い庭、そして優しい人たちのいる猪瀬家が未来は子どもの頃から大好きだった。

和輝の母は未来が六歳の頃に病気で亡くなってしまったのだが、その後も貴久や美津子に招待されて母と屋敷を訪れていた。

未来が中学二年の夏休みだった。

母とマンションで昼食を取っていると、父が長期出張先の名古屋《なごや》研究所で倒れたと連絡が入った。

倒れたと言っても、職場でふらついたのを同僚たちが心配して病院に連れていったところ、過労だったらしい。

安静にしていれば問題ないという医師の診断だったが、念のためと連絡を受けた母は父を心配し、名古屋に向かうことにした。

『お母さん、私、ひとりでも大丈夫だからゆっくりお父さんの面倒見てあげなよ。たまには夫婦水入らずで何日かゆっくりしたら？』

『ふふ、ありがとう。でも未来が心配だから様子見たらすぐに帰ってくるわね。せっかくだからなにかお土産買ってくるわ』

それが未来の覚えている母との最後の会話だ。

母はマンションから駅へ歩いて向かう途中、歩道に突っ込んできた車に撥《は》ねられた。

運転手の単純なハンドル操作の誤りだった。

打ちどころが悪かったらしく、病院から連絡を受けた未来が駆けつけたときにはすでに息を引き取っていた。

なにが起きたか理解できなかった。

父は茫然自失《ぼうぜんじしつ》、親戚も近くにいない中、葬儀や後の諸々の手続きのサポートをしてくれたのは猪瀬家の人たちだった。

貴久や美津子は『晶子が生きていたら親友として当然手伝う。自分たちは代わりにしているだけだから』と言い、和輝も未来が落ち着くまでそばにいてくれた。彼らのおかげで未来はなんとか立っていられた。

その後は、父と未来のふたり暮らしになった。

仕事ばかりであまり家に帰らない父は、家にいても口数が少なく、最低限の会話しかできない。

母がいるのがあたり前だった園田家で父と娘が向き合うのは初めてだった。

どう接したらいいか戸惑いもあったが、これからは少しでもこの暮らしに慣れていこうと、未来は暗い顔を見せないよう笑顔で父に接するように心がけた。

きっとそれが亡くなった母の望みでもあると思ったから。

母のいない生活に少しずつ慣れてきた頃、父の名古屋研究所への赴任が正式に決まった。

父から告げられたのは『青森《あおもり》の親戚の家に行ってほしい。向こうには話を通してある』という決定事項だった。

一緒に来るかと聞いてももらえなかった。

未来は『ああ、私棄てられたんだ』と思った。『私はお父さんにとってどうでもいい存在。お父さんは仕事と研究さえあればいいんだ』と。

母を亡くし、父から不要とされる現実に打ちのめされている中、未来を受け入れたいと申し出てくれたのが猪瀬家だった。

きっかけは和輝だった。彼が未来の置かれた状況を知り、猪瀬家で暮らせるよう貴久と未来の父を説得してくれたのだ。

未来は対外的に〝親戚の娘〟として猪瀬家に入った。貴久も美津子も、そして和輝も家族のように暖かく迎えてくれた。

引っ越した日、和輝は未来の頭を優しくなでながら言ってくれた。

『今日から俺を本当の兄だと思って頼ってくれればいいし、いくらでもわがままを言っていいから』

「兄だと思っていいって言われたのが和くんへの恋心を自覚したきっかけだなんて、皮肉な話だよね」

窓の外を眺めながら未来はひとり苦笑した。

彼への想いは日々膨らんでいったが、猪瀬家に庇護された生活の中で表に出していいものではないと思い、未来はあくまで明るく元気な〝妹〟として過ごした。

猪瀬家で過ごしたのは約五年。本当に楽しかった。

美津子は料理や着付けなどの作法をひと通り教えてくれたし、井部をはじめ猪瀬家で働く人たちの作業を手伝わせてもらうのも楽しかった。芸術などさまざまな分野に造詣が深い貴久は、よく美術館や博物館に連れていってくれた。

勉強は和輝が見てくれたので高校に無事入学できたし、塾に行かなくても成績は悪くなかった。

この家で厄介になっている身でヘタな成績を取るわけにはいかないという気持ちが強く、がんばっていたのもある。

しかし未来が高校を卒業した後、和輝は会社の近くのマンションでひとり暮らしを始めたため、顔を合わせる機会は減ってしまった。

それでも十五歳の頃から変わっていないことがひとつだけある。

未来の誕生日、和輝は未来とふたりで過ごしてくれるのだ。

おいしいご飯を食べさせてくれたり、好きな物を買ってくれたりと、その日はなんでも願いを叶えてくれる未来だけの王子様になってくれる。

（私、最初の頃は和くんがかまってくれるって浮かれてたな。そのぶん現実は厳しかったけど）

未来が現実を痛感したのは約五年前、二十歳の誕生日の出来事だった。

その日も和輝のエスコートでレストランを訪れていた。

少しでも女性として意識してもらいたいという気持ちで、未来は『もう二十歳だし、ちょっとは大人っぽくなった？』と和輝に切り出してみた。

『たしかに昔に比べたら大人っぽくなったし、恋人がいてもおかしくないな』

『もう、昔ってどれだけ子どもの頃と比べてるの？　それに……恋人なんていないよ』

苦笑した未来に返ってきた言葉は残酷だった。

『そうなのか？　でも、これからは相手ができたらすぐに報告しろよ。恋人を差し置いて君の誕生日を祝うほど、俺も野暮じゃないから』

彼自身が未来の恋人になるなどこれっぽっちも考えていない。そういう口調だった。

記念すべき二十歳の誕生日なのに悲しくて、屋敷に帰ってからこっそり泣いた。

（あの頃はいろいろつらかったなぁ……）

追い打ちをかけるように、和輝に真剣に結婚を考える相手がいたと知ったのはその後すぐ。相手は、ある一流企業の社長令嬢だった。

未来は和輝や美津子などからその事実を聞かされていなかったけれど、あるきっかけで知ることとなった。

結局縁談は成立しなかったのだが、この衝撃の事実は未来に自分の立場を痛いほど知らしめた。

自分は猪瀬の人たちの優しさに甘え、あの屋敷で暮らすのが当然だと思っていた。実際は親戚でもなんでもない上、名家の娘でもないのに。

彼らは未来にずっといていいと言ってくれていたが、甘えるわけにはいかないと思った未来は、その後すぐ大学の近くにアパートを借り、屋敷を出てひとり暮らしを始めた。

初めは不安だったし、心細さも感じたが、今ではすっかり慣れた。

和輝に女性として意識されていないのはわかっている。

それでもイノセに入社しようと思ったのは、お世話になった猪瀬家に恩返ししたかったから。そして少しでも和輝の近くにいたいという思いがあったからだ。

もちろん彼と自分が釣り合わないことはわかっている。ただ好きな人と同じ会社で働きたかった。和輝が結婚したら、きっぱりと片想いを終える覚悟もしていた。

内緒で入社試験を受け、内定をもらったときは本当にうれしかった。

報告すると、貴久も和輝も『いつの間に受けていたんだ』と驚きながらも喜んでくれた。

しかし、入社してみると周りの人たちは皆優秀で、自分は足を引っ張らないようにするのが精いっぱいだった。さらに副社長である和輝の圧倒的な存在感を目のあたりにし、猪瀬家に恩返ししたい、和輝の近くにいたいなどという考えはおこがましいと痛感した。

社長を支えつつ、主導する新規事業で次々と成果を出し業界内外から注目される次期社長は、人を従える能力も人格もあり、さらには麗しい容姿まで備わっている。

これといって取り柄のない自分との距離は何光年もある。

それでも自分なりにやれることをやるしかない。未来は目の前の仕事に必死に取り組んだ。営業事務としての職務を全うすべくパソコンスキルを磨き、売買に関わる法律も学んだ。自社製品だけでなく競合他社のラインナップまで頭に叩き込んでいる。

努力のかいがあったのか、営業事務に関しては周りから評価をもらえるようになってきた。

しかし、恩返しというには微力すぎるし、和輝はお見合いをして近い将来結婚する。

例えるなら和輝は競馬のＧ１に出走する一番人気のサラブレッド、自分はそれに憧れる牧場のポニーだ。

「ポニーはいくらがんばっても、サラブレッドとは一緒に走れないもんね。仕事はこれまで以上に努力するけど、もうこの恋はきっぱり終わりにしなきゃ」

しばらく窓から外をぼんやりと眺めた後、未来はため息とともにつぶやいた。

「片想いを吹っ切ることにした」

「〝和くん〟の話? そもそも、まだあんたがあの御曹司に片想い中だったなんてビックリだけどねぇ」

猪瀬家を訪れた数日後の仕事帰り、未来は久しぶりに会う親友と新宿《しんじゅく》にあるスペインバルに来ていた。

身長一七〇センチ、ほっそりとした体つきで色白。メイクはばっちり。アッシュブラウンに染めた髪は肩甲骨近くまで伸びていて、右耳にふたつ、左耳に三つずつピアスがついている。

スキニーパンツの上にざっくりとした丈長ニットを着ただけでも妙に艶っぽさがあるのだから、色気のない未来からしたらうらやましい。

現に男性客のグループがチラチラこちらをうかがっている。

「ホント、未来はばかみたいに一途なんだから」

親友は周りの視線はおかまいなしにあきれた声を出した。

そう言いつつも、こちらを見る目はばかにしたものではない。

「ユキちゃんには絶対そう言われると思ってたけど、今回ばかりはやっとあきらめる決心できたから」

彼女、いや、彼の名前は町田雪成《まちだゆきなり》という。ぱっと見女性にしか見えないが、戸籍上は男性だ。

未来と雪成は高校以来の付き合いになる。

当時線の細い美少年だった雪成と、高校二年で同じクラスになり仲よくなった。やけに馬が合い、いつしかお互いなんでも話せる存在になった。

雪成が、自分の心が女性で恋愛対象が男性であることを家族以外で初めて告白したのは未来だったという。

以来、性別を超えた友情……雪成の心は女性だし、外見も女性にしか見えないので表現は難しいが、とにかく友情をはぐくんできた。

いっとき自分の個性で悩んでいた雪成だったが、吹っ切れた後『自分の好きなように生きる』と言って周りにもキャラクターを隠さなくなり、高校卒業後は美容系の専門学校に進んだ。

その後一度都内の美容室に就職したのだが、より本格的に道を究めたいと渡米。二年の修行後、先月帰国してすぐ青山《あおやま》のサロンに勤め始めた。

日本にいたときより格段にアップした美女っぷりに驚いたのだが、外科的処置はしていないらしい。

容貌の美しさ、キャラを隠さない親しみやすさ、そして確かな技術力により彼を指名する客は多く、すでに予約が取りづらくなってきているらしい。

自称〝恋多き乙女〟の雪成は、アメリカから帰国するときに恋人の男性とは別れたと言っていたが、早くも次の恋人候補といい感じだと上機嫌に話してくれた。

その気持ちの切り替えの早さに驚くと同時に、うらやましいとも思う。

自分はばかみたいにひとりの男性に想いを寄せてきたのだから。

「和くんお見合いするらしいの。もともと私、和くんが結婚したらきっぱり片想いを卒業しようと思っていたし」

「お見合いねぇ、それこそ意外だわ。私てっきり……」

雪成は優雅な仕草で頬杖を突く。

「てっきり？」

「んー、まあ御曹司はなんで今まで結婚しなかったんだろうと思って。生まれは由緒正しく、大企業の次期社長。しかもその辺の俳優顔負けのイケメン。大間のマグロでしょ。腕に自信がある漁師が釣り上げようと必死だったろうに」

「次期社長としての仕事が忙しいのもあったし、加奈《かな》さんの存在が忘れられなかったんじゃないかな」

「あー、例の縁談相手？」

うん、とうなずいて未来は遠い目をする。

とても綺麗《きれい》でなんでも持っている、自信にあふれた人だった。家柄も申し分なく、猪瀬家のひとり息子と並び立つのにふさわしい女性。なにより和輝が、彼女に惹かれ妻に望んでいた。

彼女との縁談話がなくなって以降、和輝の浮いた話を聞いたことはなかった。

しかしここにきて和輝が結婚する気になっているという。

「加奈さんのこと吹っ切れたのかはわからないけど、結局のところ猪瀬家の最大権力者は女主人である美津子さんだし、なんだかんだで和くんも美津子さんを大事にしているから」

美津子に強く言われたらお見合いくらいするだろうし、本人がその気になりさえすれば結婚までトントン拍子に進むはずだ。

頼んでいたパエリアが運ばれてきたので、それぞれ取り皿によそう。ふわっと立ちあがる湯気とともに魚介のいい香りがしてくる。

「次の誕生日で、和くんとふたりで会うのは最後にする」

「なによ、結局告白しないつもり？」

「告白なんてしたら和くんが困った顔するのわかってるし、その後気まずいよ」

和輝が結婚したからといって、未来が猪瀬家との関係をいきなり断つわけにはいかない。あの家でお世話になった恩は一生忘れるつもりがないからだ。

「そう、それで未来は吹っ切れるワケ？」

「吹っ切るしかないよ」

「ふーん……。ねぇ、それなら、御曹司にあんたの初めてもらってもらったらいいんじゃない」

「ブふぅっ！」

雪成の言葉に、未来は危うく口に入れたサフランライスを噴き出しそうになる。

「あ、あぶな……ゆ、ユキちゃん、なんで気まずさマックスにさせるような提案してくるの？」

「だってさー、未来って長年の片想いをこじらせまくった処女じゃない？ 告白して振られるか、一夜の相手になってもらうくらい思いきらないと、踏んぎりなんてつかない気がするわ。一回だけでいいから抱いてほしいって頼んでみなさいよ。彼、大人の男じゃない。優しくしてくれるわよ」

雪成は頬杖を突いたままニヤニヤしている。

（綺麗な顔してなんてこと言いだすんだろう、このお姉様は）

未来はビールを喉に流し込む。

「無理無理。そんなの言えないし、言ったとしてもすごく引かれるか、ものすごーく怒られるだけだよ」

一夜の相手になるなんて、受け入れられるわけがない。

「でもさぁ、ちょっとくらい爪痕残してもいいんじゃない？」

「そんな爪痕は残したくありませーん。第一、和くんを困らせたくない」

「あんたはすぐそうやって他人ばっかり気にするけど、たまには自分の好き勝手にやってもいいと思うわよ……あら、おいしいわね」

雪成はサフランライスと海老を一度に大きな口で頬張って、「まあいいけど」と続ける。

「それで、あきらめた後未来はどうすんの？　新しい恋でも見つける？」

「……たしかに。今までずっと和くんしか見てこなかったから、ピンとこないけど」

結婚はしたいし、子どもが好きだから欲しいとも思っている。自分の子どもは夫婦で愛情を注いで育てたい。

家族が揃《そろ》って笑い合える時間を大切にしたいから、結婚相手は家庭を大事にする同じ価値観の人であってほしい。その相手が和輝だったらどんなにいいかと夢見たときもあったけれど、今はありえないと知っている。彼は釣り合う相手と家庭をつくるのだから。

「なら、婚活でもしてみたらいいんじゃないの？」

「婚活？　早すぎない？」

雪成の思いがけない言葉に未来は首をかしげる。

「私たちと同い年のお客さんで婚活してるって人がいたのよ。結婚を条件で割りきれるから面倒がなくていいって言っててさ。未来の場合、中身はともかく見た目はお嬢様風でかわいいし、家事もひと通りできる。その辺の子と比べたらお嫁さんにしたくなる要素盛りだくさんじゃない。それに一流企業に勤めてて、安定した収入を得てる。今どき共働きが普通なんだから、未来が婚活市場に出たらそれこそマグロの初競り並みの高値がついて、一瞬で高級寿司店に引き取られると思うわよ」

「なぜなんでもマグロに例えるのよ、そして中身はともかくってなによ。たしかにそうだけど」

雪成の力説に未来は苦笑する。たしかに見た目はお嬢様っぽいと言われたりするが、あくまで〝ぽい〟だけだ。

生まれはごく一般家庭の人間だし、中身はおしとやかでもおとなしくもない。お酒が好きで、こういうオシャレな店だけでなく焼き鳥屋も居酒屋も大好きだ。ファッションには人並みに興味はあるが、よっぽど気に入らない限り手を出しやすい価格の物しか買わないし、ハイブランドなんてもってのほか。

休日は着古したファストファッションのスウェットワンピースで、アパートの近くの安売りスーパーへ出かけるような人間なのだ。

よく考えたら、童顔で年齢より幼く見えがちの自分に高級寿司店へ引き取られる価値があるとは思えない。

「うーん、やっぱり早い気がするし、なんか現実味がないな。第一、私に落ち着いた大人の女性の魅力とか色気とか皆無な気がする。胸もないし」

未来は自らの控えめなボリュームの胸もとに視線を落とす。

「別に、世の男は嫁に色気や胸だけを求めてるとは思わないけど」

「まあ、そうよねぇ」と言って雪成は未来の服装を一瞥した。

「未来の選ぶ服って似合ってなくはないんだけど、どうもつまらないのよね。メイクもあんまりしないじゃない」

「こういう感じが落ち着くんだよね」

普段から未来が好むのは、膝が出ない程度の体の線を拾わないフレアタイプのスカート、白いブラウスに淡い色のカーディガンというような、おとなしめの無難な服装。メイクも同じく冒険しない。

「未来はもう少し、大人の女の色気を出してもいいと思うのよね」

雪成はなにかを考えるように、長く骨ばった指を自らの頬にやる。

仕草は優雅で、その表情は艶のある大人の女性のものだ。

やはり色気の有無に胸は関係ないらしい。

「私がユキちゃんみたいな色気出そうとしたら、周りの人たちビックリしちゃうよ。そもそも出す色気なんてどこにも隠れてないけど」

未来の話を聞いているのかいないのか、雪成は「ふーん、そうか。そうね」となにやらひとりで思案した後、ニヤリと笑った。

「未来、イイこと考えた」

新年度になり、会社では新入社員が入ってきたり社長からの年度経営方針が発表されたりと、年度の切り替わりに伴う新鮮な雰囲気に包まれていた。

そんな中、未来も仕事に励んでいた。経理的な決算は四月中までかかるため、なにかと仕事が重なってくる。

定時を過ぎてもまだ仕事が残っていた未来がパソコンに向かっていると、ひとりの男性社員に声をかけられた。

「よう園田、今日は残業か？」

尾形《おがた》は、最近海外営業部から営業職として国内営業部に入った未来の同期だ。異動早々大口の仕事を任され、即戦力として活躍している。

「尾形くんがどんどん仕事取ってきてくれるから、おかげさまで業務過多の日々よ」

「悪いなぁ、俺ができる男なだけに」

尾形は屈託なく笑った。お互いに軽口を言い合えるのは同期の気安さもあるが、彼が明るく裏表のない話しやすい性格だからだ。

入社研修のときに同じグループになったのをきっかけに知り合い、今も会えば気軽に話ができる関係だ。

体育会系でガッシリとして背が高く、清潔感もある緒方は営業に向いており、海外営業部にいたときから優秀な成績を上げていた。そのため女性社員にも人気がある。

「とはいえ、まだわからないことばかりだよ。今は細かいところは倉橋《くらはし》さんに同行していろいろ教わってる」

「いいなぁ。サエさんと一緒に仕事できるなんて」

「本当にあの人すごいよな、知識が豊富だし、発想も相手の求める以上のものを出してくるよ。俺ももっとがんばらなきゃと思ってる」

尾形の声は力強いし疲れたそぶりも見せていないが、引き抜かれた期待に応えようと無理をしていないか心配になる。

「そうやって誰かのいいところを素直に認めて吸収しようするのは尾形くんのいいところだけど、最初から飛ばしすぎるとまいっちゃうから、がんばりすぎない方がいいよ」

仕事に打ち込むのはいい。でも必要以上にのめり込むと周りが見えなくなり、自分も周りの人も不幸にすると未来は思っている。

「無理しないでね」

未来が尾形を笑顔で見上げると、彼は一瞬呆けた表情をした。

「……そうだな。ありがとう。なぁ、よかったらこの後飲みに行かないか？　あー、ほらっ、あれだ。早速息抜きにさ」

なぜか頬を赤らめ、早口で続けようとする同期の背後に誰かが立った。

「尾形くん、まだ『Hanontec《ハノンテック》』さんへのプレゼン資料終わってないわよね」

凛とした声が今まさに話題にしていた女性だとわかり、未来の心は弾む。

「あ、サエさんお疲れさまです！」

倉橋桜衣《さえ》は現在二十九歳で、国内営業部の第一線に立っている女性社員だ。

長身で目鼻立ちがはっきりした美人でスタイルもよく、仕事もできる上に気遣いができて優しいという、ありえないほど欠点がない先輩だ。

未来は入社当時から桜衣を姉のように慕い、プライベートでも仲よくしてもらっている。

彼女への憧れがきっかけで、自分もいつかは営業職に転向して会社にもっと貢献したいと思うようになった。しかしそれにはもっと努力が必要だ。

「あ、やべ、そうでした！　でも、粗い内容は作ってあるのでチェックしてもらえますか？　ミーティングルーム確保しときます」

尾形は背筋をピシッと伸ばした。

「わかったわ。今日中にフレームだけ固めちゃいましょう。後から行くわね」

「はい、よろしくお願いします！　園田、仕事の邪魔して悪かったな」

尾形はミーティングルームへ速足で向かっていく。そのうしろ姿を桜衣とふたり見送る。

「サエさん、尾形くん無理してませんか？」

「たしかにちょっと気合入りすぎなところがあるけど、彼、ちゃんと実力もあるから大丈夫よ。優秀な若手をこっちに出しちゃって、海営は大丈夫かしらって思うくらい」

「結城《ゆうき》さんから聞いてないんですか？」

桜衣は現在、海営こと海外営業部の若き部長である結城と婚約中で、すでに一緒に暮らし始めている。美男美女で仕事もできる孤高のカップルとして社内で超有名だ。

ふたりで並び立っているところはお似合いで、その尊さに拝みたくなる。

しかしここ数日部長の姿を見かけていない。

「今、彼はオランダへ長期出張中なの」

「そうでしたか。きっと毎日のようにサエさんを心配する電話がきてるんじゃないですか？」

未来が言うと、図星なのか少しだけ恥ずかしそうな表情で「ま、そんな感じかな」と答える桜衣。

(普段しっかりしている頼れる綺麗なお姉さんが照れると、めちゃくちゃかわいい。そんなところにも結城さんはメロメロなんだろうな。ごちそうさまです！)

にやける未来を見て居心地が悪くなったのか、桜衣は話題を変えてくる。

「ねぇ、それよりって言ったらあれだけど、最近未来ちゃん雰囲気変わったわよね」

「えへへ、わかります？　気づいてもらえてうれしいな」

今日の服装はモスピンクのブラウスに黒いレースのインナー、ほどよく体に沿うラインの黒いナロースカートは、フロントのスリットがほどよい露出をしつつ下品にならない絶妙な位置まで入っている。

メイクも今までしなかったブラウンのマスカラをしたり、チークの色を変えてみたりしている。耳もとで揺れるタイプのピンクゴールドのイヤリングも新調したものだ。

「今までもかわいかったけどそういう大人っぽいのも似合うわ……っていうか、結構みんな気づいていると思うわよ」

「とくに男性陣」と言いながら、桜衣はなぜかミーティングルームの方に視線をやる。

「そうですかね？　実は美容師やってる友達に、もうちょっと年相応の格好をしろと言われまして」

「あら、美容師の友達がいるなんていいわね」

「もしよかったら今度紹介しますよ。彼アメリカ帰りで腕は一流ですから」

あの日以来、雪成から〝ミク☆オトナプロジェクト〟と謎に題され、ファッション指導を受けるようになった。

洋服選びからメイク、ヘアアレンジ、美容法までみっちりだ。

買い物についてきてだめ出しはされるし、オシャレは下着からだとか、毎日ストレッチ、リンパマッサージをしろ、栄養バランスがうんぬんと、熱血指導は容赦ない。

でも、未来のことをよくわかっているプロのアドバイスは的確だ。

さすがだと感心することが多く、できる限り素直に従っている。

それに、自分に丁寧に手を掛けているとなんだか女としてのテンションが上がる気がする。

「新発見なんだけど、未来ちゃんって脚が綺麗よね。このスリットからチラッと覗くふくらはぎがまぶしいわ」

桜衣は座る未来の足もとを見ながら言ってくるので、思わず噴き出す。

「サエさん、なんてことを言い出すんですか」

でも、たしかに雪成にも『あんたの足はそそるフォルムだからどんどん出していけ』と言われた。

なにがそそるのかよくわからない上、ミニスカートなんて履けないし、オフィスではNGだと言ったら今日のような服装を勧められたのだ。

「サエさんみたいに大人の色気はないですけど、なけなしのものを最大限に活用するすべを模索中なんですよ」

雪成いわく『色気は出すものじゃない、つくるもの』らしいが。

「てっきり恋人でもできて綺麗になったのかと思ったわ」

「だったらいいんですけどね。残念ながらそういう相手はいないんですよ。ただちょっとがんばってみようと思っただけなんです」

未来はわざと明るく笑った。桜衣は未来と和輝が幼なじみなのは知っているが、未来の想いを話してはいない。ふたりで飲みに行くと恋の話になることはあるけれど、深く突っ込まないでいてくれる。

「未来ちゃんはもともとかわいいんだから、その気になったらすぐに彼氏なんてできちゃうわよ」

「本当ですか？　よーし、もっとがんばろっと！」

未来は声を弾ませた。憧れの先輩にそう言われると素直にうれしい。

でもおしゃれをがんばっているのは、好きな人に綺麗だと思われたいという乙女心が原動力だ。今のところ、その当人には見てもらえていないけれど。

副社長と一般社員の未来が会社で対面する機会などほぼなく、あってもすれ違う程度だ。

今日も遠目で麗しき姿を見かけたが、むこうは未来の存在にすら気づいていないだろう。

(お屋敷にも行けていない。仕事終わりはユキちゃんと会ってばかりだし、美津子さんの口から和くんのお見合の話されたらと思うと怖くて、どうしても足が遠のいちゃうんだよね……)

でも、来月の未来の誕生日は和輝と食事をすることになっている。

未来はその日を和輝とふたりで会う最後の日と決めていた。

和輝に祝ってもらえる最後の誕生日には、今までで一番綺麗な自分でいたい。

未来は心からそう思っていた。

最後で初めての夜

「お母さん、おはよう。私二十五歳になったよ」

五月二十一日。迎えた誕生日の朝、アパートの部屋で目覚めた未来は壁側に置かれた小さなキャビネットの上に飾られた写真に話しかけた。

小さなフォトフレームの中の母は優しく微笑んでいる。

ベッドから出ると、いつものように洗面所で顔を洗い歯を磨いた後、洗濯機を回しトーストとサラダで簡単な朝食を取る。

雪成に、お肌にいいからと無塩のトマトジュースを勧められ毎朝飲むようにしている。牛乳も飲むとジュースに含まれるリコピンの吸収がよくなるらしく、余裕があれば食後にホットミルクを飲むようにしている。

夕方の和輝との待ち合わせの前に雪成の勤めるサロンに寄る予定になっているので、日曜日だからといってのんびりとはしていられない。

「ここで過ごすのもあと少しか」

マグカップを片手に部屋を見回しつつ、未来は独り言ちた。

未来は一週間後にこの家を出て、昔家族で住んでいたマンションに戻る。

アパートの更新時期が近づく中、先月隣に越してきた男子大学生がよく大音量で音楽を流したり夜に友達を呼んで騒いだりするようになったのがきっかけだった。見た目はチャラい雰囲気だが、会えば気さくに挨拶してくれる男の子なので悪気はないだろうし、注意もしづらい。

思いきって引っ越しもありかもしれないと考えたとき、実家に戻ろうと思いついたのだ。急な退去の申し出だったが、アパート側には受け入れてもらえた。

実家のマンションは管理会社に委託してメンテナンスはしてもらっていて、父も出張時には戻っているようだ。未来も時間を見つけては訪れていた。

母が亡くなってから十年過ぎた。もうあの家でひとりでいられるくらい心の傷は癒えている。そしていつか父と一緒に母を偲びながら暮らせたら、母も喜ぶだろう。

父はずっと名古屋研究所に勤めている。

父に対するわだかまりはいまだになくなってはいない。でも、たったひとりの未来の家族であることは変わりないのだ。

父が東京に戻ってきたら一緒に暮らして、そのわだかまりをゆっくりほどいていければと思っていた。

だったらこのタイミングで引っ越しておいてもいいと考えた。

（和くんへの想いを絶ち切る決心もついたし、環境を変えるのもいいかもしれない）

思い立った未来はすぐに父に連絡をして実家のマンションに住む許可をもらい、来週の引っ越しに備えて部屋の物の整理をしているところだった。

すぐに使わない物は段ボールに詰めて部屋の隅に積み上げてある。

そろそろ洗濯が終わる頃かと思っていると、スマートフォンに着信が入った。

見ると画面には【父】と表示されている。未来は通話ボタンをタップした。

「お父さん？」

『おはよう未来。誕生日おめでとう』

思いがけない言葉に驚く。父が誕生日の朝に電話をくれたのは初めてだ。

「覚えててくれたんだ……ありがとう」

これまでは用事があるとき以外お互いにあまり連絡を取らなかったが、最近父からの電話の頻度が増えている気がする。

研究職も後進に譲る年齢になり、娘に心を砕く余裕ができたのかもしれない。

未来の心になんとも言えないむず痒く、それでいて温かい感情が湧き上がる。

『父さん、秋に東京本社に戻ることになったんだ』

するとと父は意外な話を始めた。

「え、そうなの?」

『ああ、本社のラボで若手の指導にあたってほしいと言われてね』

「本当? じゃあ……」

思ったより早く父とのふたり暮らしが実現しそうだ。そう思っているところと『それで……』と、電話の向こうで父がなにやら言い出すのを躊躇しているのがわかった。

「お父さん、どうかしたの?」

訝《いぶか》しむ未来の声に一瞬息を詰めた後、父は思いきったように言った。

『未来、父さん一緒に暮らしたい女性がいるんだ』

恵比寿《えびす》にある外資系の高級ホテル。

和輝とは午後六時の待ち合わせだったが、三十分以上早く着いてしまった未来は彼を待つためにラウンジに入った。

この日のために雪成の見立てで購入したのは、少し緑がかったくすんだ青色のモスブルーのワンピース。自然に体に沿うラインで、うなじにある大きめのリボンで結ぶ形となっている。背中が少しだけ開いているが、肌でなくレースのインナーを見せるスタイルなので大人っぽい上品さだ。

一方スカート丈は短くギリギリ膝が出ている。しっかり脚をさらす、未来にしては大胆なものだ。

服装に合わせた緩めのアップスタイル、上品なメイクに仕上げたのは雪成だ。

『さすが私！　いいじゃない！　大人っぽさの中に未来のかわいらしい雰囲気も残せてるわ。お肌が整ってるからメイクのノリもよかったわよ』

『ユキちゃんありがとね。全面サポートしてもらって』

『いいのいいの、半分興味本……じゃなくて私からの誕生日プレゼントよ！　でも未来、なんだか浮かない顔ね』

自分の仕事に満足気だった雪成だが、さすが親友。未来の表情の陰りに気づいたようだ。

(だめだ、今日はお父さんのこと考えるのはよそう)

『え、そうかな？　こんなに素敵にしてもらっちゃったから、自分じゃないような気がして緊張しちゃったかも』

未来が笑ってごまかすと『大丈夫、とーっても綺麗よ。これなら大丈夫。自信を持って行ってらっしゃい、私のかわいいシンデレラ』と雪成はウインクし、投げキッスまでつけて送り出してくれた。

(せっかくがんばったし、ユキちゃんが腕によりをかけて仕上げてくれたんだから、和くんに綺麗だと思ってもらえるといいな)

ソワソワしながら紅茶をいただく。しばらくすると、ラウンジに長身の男性が現れ未来はドキリとした。

(わぁ、今日の和くんもかっこいい)

濃紺のテーラードジャケットにサックスブルーのドレスシャツ、細身シルエットのブラックの細身パンツを合わせた、スマートカジュアルなジャケットスタイル。

定番ともいえる落ち着いたコーディネイトだが、着る人が規格外にスタイルがいいので服が数段もランクアップして見える。

普段のビシッと決まったビジネススーツ姿も素敵だが、こういう服装もものすごく似合う。

その証拠に、ラウンジのスタッフや客も俳優かモデルかというほどの和輝のオーラに目を奪われている。

彼自身は慣れているのか、注目を浴びていても意に介した様子もなく真っすぐ未来に近づいてくる。

「未来、悪い。待たせたか？」

「う、ううん。私が早く着いちゃっただけだから」

つい見とれていた未来は我に返り、弾かれたようにソファーから立ち上がる。

すると、未来の全身を見た和輝の表情が一瞬曇ったような気がした。

「……行こうか。店は地下フロアにある」

和輝は硬い声で未来を促しラウンジから連れ出し、すぐに速足で歩き出した。

（あれ、もしかしてこの格好、だめだったかな）

毎年、誕生日には未来が精いっぱいオシャレしているのを知っている和輝は、会うと『似合ってる』『気合入ってるな』などとなにかしらのコメントをしてくれていたのだが、今日はなにも言ってくれないどころか不機嫌な気すらする。

自分的には少しは大人の女性になれた気がしていたけれど、背伸びしすぎて引かれたのかもしれない。

（でもそもそも和くん、私の服装になんて興味がないのかな。そうだよね。これは自己満足なんだから、褒めてもらえなくて落ち込む筋合いはないんだ）

とはいえ、渦巻く複雑な気持ちは拭えない。未来はうつむき気味に和輝の斜めうしろを歩いた。

和輝が予約してくれたのは、ホテル内にある高級鉄板焼きの店だった。

個室の中にカウンターキッチンがあり、目の前の鉄板で専属シェフが好みに合わせた焼き加減で調理してくれる贅沢スタイルだ。

「未来、誕生日おめでとう」

「ありがとう」

ビールで乾杯し、松阪牛《まつさかうし》のコースをおいしくいただく。

ミディアムレアに焼いてもらった赤身の肉は信じられないほどやわらかい。

和輝は肉に合わせた赤ワインを注文してくれた。

コースについている前菜やサラダ、スープも普段食べているものとは次元が違う洗練された味だった。

おいしい食事とお酒に気持ちが浮上していく。

未来は基本的に好き嫌いがなく、苦手な食べ物はキュウリくらいだが、今まで和輝と食事をしていて出てきたことは一度もない。きっといつも彼が事前に店側に伝えてくれているのだろう。そういう細かい心遣いがうれしい。

「そういえば昨日家に顔を出してくれたそうだな」

「うん、一日早いけどって美津子さんが誕生日ランチに誘ってくれたの」

最近足が遠のいていた猪瀬家だが、美津子に『未来ちゃんの好きな物を作って待っているから』と言われたらさすがに断れない。

（結局我慢できなくて、美津子さんに和くんのお見合いがどうなってるか聞いちゃったし）

未来が見合いの話をそれとなく尋ねると、美津子は『今調整中なの』と笑っていた。彼女の話からすると、調整するような相手はいるものの、今のところ和輝が見合いをしたわけではないらしい。

（まだお相手に会っていないみたいでよかった。和くんは気にせず誘ってくれたとしても、こうやってふたりで祝ってもらうのは申し訳なくなるから）

「親父は昨日俺と出張だったから、参加できなくて残念だとぼやいていた」

「あはは、おじさんによろしく伝えておいて」

食事を終えたふたりは店内のデザート専用ラウンジに移動した。

「おいしかった。和くんありがとうね」

上機嫌で未来はお礼を言った。

本来アルコールに強い未来は一般の女性よりかなり飲める方だと思う。飲み会でも周りの人と同じペースで飲んでも酔いつぶれず、介抱する側に回る。

しかし、今日は和輝とふたりで過ごす最後の夜だという妙な緊張感や、朝から精神的にも肉体的にも忙しかったためか、普段より酔いが回るのが早い気がした。心地よい酩酊感がある。

「本当に夕食だけでよかったのか？　誕生日なんだから好きな物ねだればよかったのに。欲しい服とかなかったのか」

「いいよ。忙しい和くんがわざわざ素敵なお店を予約して、こうしてエスコートしてくれるだけでありがたいから」

最高級の松阪牛のコースにビールにワイン、かなりの食事代になるはずだ。

和輝にとってはたいした金額ではないのかもしれないが、未来の感覚では誕生日プレゼントにしても贅沢だと思う。

デザートは珍しいビワのゼリーだった。やわらかい果肉がゼリーに包まれている。

「ゼリーもプルプルだし、果肉も爽やかな甘さでおいしい……！」

「未来は昔から果物が好きだな。そういえば昔、うちの庭の柿を取ろうと木に登ったの覚えているか？」

ビワの独特の甘みを堪能している未来を眺めながら、和輝は表情を緩めた。

「ああ……怖かったからなんとなく記憶に残ってる。ひとりで登ったけどどうしようもなくなって」

たしか六歳になるかならないかの頃だったと思う。

猪瀬の屋敷の庭の柿の木に生った実を取りたくて一生懸命登ったものの、途中で自分のいる高さに身がすくみ動けなくなってしまったのだ。

「わんわん泣いて和くんに助けられたよね……どれだけ食い意地張ってたんだろう」

「まあ、未来は今も食い意地が張ってるが」

言いながら和輝が未来に自分の分のゼリーを差し出してきた。

「むぅ……」

否定できないのは、和輝があまり甘い物を好まないからと理由をつけつつ喜んで受け取ったからだ。

「あのとき未来は『かずくんのママにたべさせる！』って泣いたんだよ」

和輝が続けたのは思いがけない言葉だった。

「そうだったっけ……」

和輝の母の記憶はおぼろげにある。和輝の父、貴久と若くして結婚したという彼女はとても美しく、優しく笑う人だった。

『娘も欲しかったのよ』と言って、親友の娘である未来をかわいがってくれた。

しかし、病気を発症してからはベッドで横になることが多くなり、入退院を繰り返していた。

「きっと、柿は体にいいって誰かに聞いて病気の母さんに食べさせたいって思ってくれたんだろうな」

和輝は昔を懐かしむように目を細めた。会社での厳しい雰囲気とはまるで違う、優しさをまとった表情に胸がキュッと締めつけられる。

（ああ、やっぱり私の中の和くんってこういう人なんだよね）

どんなに住む世界が違う人だとわかっていても、このやわらかい表情を見るたび、彼に強く惹かれてしまうのだ。

「でも、あの木は渋柿だったというオチがついたんだよね」

「そうだったな」

幼い未来が和輝の腕の中で泣いて騒いでいたら井部が飛んできて『あの柿はあのままだとおいしくないんですよ』と教えてくれた。その後は毎年干し柿にして振る舞ってくれるようになった。

「それにしても、あれから二十年近く経っているのか。未来も二十五歳か。もう大人だな」

「和くん知ってた？　私五年前からお酒飲める年齢なんですけど」

これまでの誕生日は和輝が車で連れ出してくれていたので、二十歳を過ぎても遠慮してアルコールを口にしてこなかった。お酒で乾杯したのは今日が初めてだ。

「たしかに、大人じゃなければあんなペースでワインを飲んだりしないな」

和輝は少しからかうように口の端を上げた。

「ふふ、そう意味ではかなりの大人だよ」

（よかった、最後にいつもみたいに和くんと楽しく話ができて）

笑って和輝と会話ができて未来はホッとする。

ラウンジで顔を合わせたときに彼が不機嫌そうに見えたのは、気のせいだったのかもしれない。

ふたつ目のゼリーを口に運んでいると、コーヒーカップを持った和輝がこちらをじっと見ていた。

「未来、よければ上のバーで飲んでいくか？」

未来は目を瞬かせた。

今までは食事した後は彼の車でアパートまで送ってもらうだけで、こんなふうに誘われるのは初めてだ。

少しでも長く和輝と一緒にいたい未来は即答する。

「いいの？　行きたい」

「わかった。ただし、あまり飲みすぎるなよ」

そう言うと和輝は優雅な手つきでカップを置いた。

バーはホテルの高層エリアの四十五階にあった。

初めて足を踏み入れた高級ホテルのバーはさすがというべきか、洗練された大人が集う落ち着いた雰囲気だ。

照明が抑えられた雰囲気のある店内でふたりが通されたのは、窓辺に面したふたり掛けのソファー。

背もたれが高いカップルシートで、さりげなく周りからの視線を遮断する造りになっている。

（え、どうやら私たち、カップルだと思われてる？）

いいのだろうかと気まずさを覚えたが、和輝は気にする様子もなく、躊躇なくシートに座った。

自分が意識しすぎているのかもしれないと思いつつ並んで腰を下ろした途端、眼下に広がる景色に目を奪われる。

「わぁ……綺麗」

宝石のような東京の夜景がふたりのためにあると錯覚するくらい贅沢な眺めに、思わず声が漏れた。

（なにこれ、最後に神様が気をつかってくれた？）

高級ホテルのバーのカップルシートで好きな人と並んで夜景を眺めるシチュエーションは、長きにわたる片想いから卒業する未来を憐れんだ恋愛の神様からのプレゼントかもしれない。

ありがたく記憶に焼きつけようと、未来は心の中で何度もシャッターを切る。

未来はモスコミュール、和輝はウイスキーをロックで注文し、改めて乾杯する。

ジャズが控えめな音量で流れる中、隣に座る和輝との距離はかなり近い。

琥珀色の液体を慣れた様子で口に運ぶ和輝の横顔は完璧な大人の男性のもので、それも記憶に焼きつけたいが、なんせ近すぎて直視できない。

大人のためのバーで大人の色気をまとう男性を横にどう行動するのが正解かわからず、とりあえず目の前のカクテルをあおる。

（まずい、本当に今日はいつもより酔っちゃったかも……）

アルコールと和輝の色気に強制的に酔わされ、やがて思考の輪郭がぼやけていく感覚を覚えた。

「どうした未来、急におとなしくなったな」

「……うん。やっぱり、私はこういう雰囲気のいいお店は慣れないかな。なんだか緊張しちゃって」

ふわふわとした思考で素直に答えた未来に、和輝が「そうか」と手に持っていたグラスをテーブルに置いた、そのとき。

「失礼します」

バーのフロア係の男性がひざまずいて和輝に声をかけた。

「ああ、ありがとう」

フロア係の男性は和輝になにかを渡すと、軽く会釈してからすぐに立ち去る。

和輝は受け取ったそれを未来に差し出した。

「未来、改めて誕生日おめでとう」

それは、春を思わせるピンクのバラで作られたラウンドブーケだった。

未来は目の前のかわいらしい花に驚きながら声を漏らす。

「え、用意してくれてたの……？」

「誕生日プレゼントはいらなくても、花くらい受け取ってくれるだろう？」

「もらっていいの？　……ありがとう」

未来は受け取った花束をふわりと胸に抱く。

彼は最初から、ここで花束を渡すつもりで事前に手配してくれていたに違いない。

なんというサプライズだろう。

うれしい。うれしすぎてつらい。

（恋愛の神様、サービスが過剰です。最後にここまでされると逆に未練が残っちゃうんですけど）

「かわいい花束だね」

自分でも処理しきれない感情を持てあましながら、なんとか明るい声を出す。

「未来にぴったりだろう」

和輝はピンクのバラの花弁に手を添え、いたわるようになでる。

その優しげな指先をぼんやりと眺めながら浮かんだのは、とんでもなく自分勝手な感情だった。

（そうだよね。和くんは私を〝かわいい妹〟だと思ってるんだから）

大人の女性を意識して服装を変えたりメイクをしたりしても、彼にとって自分のイメージはこういうふうにふんわりとしたピンク色の花のまま。

（こんなにかわいい花束をもらっておいてなに考えてるの。私、今日は自分の性格の悪さに嫌気が差してばかりだ）

未来は今朝、父から再婚したい女性がいると告げられたことを思い出していた。

相手は父と同じ研究所で事務職をしている四十代半ばの女性。

一年ほど前から交際し、すでに一緒に住んでいるそうだ。東京に戻るときに彼女を一緒に連れていきたいと言われた。

（だから私が最初にあのマンションに帰りたいって話したとき、お父さんちょっと戸惑った声を出していたのね。あのときはっきり言ってくれればよかったのに。大事な話を寸前までしないの、お父さんらしいけど）

父の状況はなんとなく想像できた。もともと東京に戻ったら再婚相手とふたりで実家のマンションに住むつもりでいたが、未来が先に帰りたいと願い出たので困惑しながらも了承するしかなかった。でもタイミング悪くその後すぐ本社への復職が決まったのだろう。だから正直に再婚を考えていると娘に明かしたのだ。

（お父さん、自分からはやっぱり家に帰らないでくれって言いづらかったんだろうな。まさか再婚相手と三人で暮らすつもりはないだろうし）

未来だって父の邪魔になるのは嫌だし、もちろん同居などありえない。

だから父が切り出す前に『そうだ、報告するの忘れててごめん。やっぱり実家は勤め先から遠いから、ほかの場所にしようと思って引っ越し延期にしてたの』と嘘をついた。

なんとか明るく対応したけれど、本当は素直に喜んでなどいなかった。

父は未来の知らない女性とあのマンションで暮らす。

そう思うと、自分でも驚くくらいの拒否感が込み上げた。

(仕事ばかりでお母さんに寂しい思いをさせたのに、今さら再婚するなんて。私だって邪魔になるからって棄てたくせに)

わかっている。父は自分を棄てたわけではない。

猪瀬家にお世話になると決まったとき、父はしかるべき挨拶をして頭を下げてくれたし、猪瀬家に定期的に連絡も入れてくれていた。

生活費も支払ってくれたし、もちろん大学に行かせてくれたのも父だ。

でもとっさに父の再婚を受け入れられない自分に気づき、愕然《がくぜん》とした。

娘なのに父の幸せを喜べない醜い気持ちがあるなんて。

「未来、大丈夫か。気分でも悪くなったか？」

黙って考えに沈む未来の顔を和輝が覗き込む。

至近距離に抵抗がなくなっているのは、自分が酔っているせいだろう。

「和くん……」

未来は無意識に和輝の名前を呼んだ。

父は再婚し新しい家庭をつくる。和輝は見合いをし、猪瀬家では近い将来新妻を家族として迎える。

(どこにも私の居場所はないんだな)

「……もう一杯、飲んでもいい?」

不安を感じたくない。醜い自分の心をこれ以上知りたくない。もっと酔ってしまいたかった。

和輝は「あと一杯だけだからな」と、追加でジンライムを頼んでくれた。

飲み終わる頃には、未来はいまだかつてなく酔っていた。

「未来、眠いのか?」

「ん……」

未来は和輝の肩に頭を預けていた。たしかに眠いしぼんやりしている。

和輝の手が頭をゆるゆるとなでてくれる。

大きい手のひらの心地よさを感じると同時に、今日を最後にもう二度とこうしてもらえなくなると考えた途端、寂しさがものすごい勢いで襲ってくる。

(今日を最後にするって決めてたのに)

この温もりから離れたくない。少しでも長く一緒にいたい。

そう思った未来の心の隙をついて、いつかの雪成の言葉がよみがえってきた。

『告白して振られるか、一夜の相手になってもらうくらい思いきらないと、踏んぎりなんてつかない気がするわ』

あのときは全力で否定したのに、なぜか今は魅惑的な助言に思えた。

いいだろうか、酔っているこの状況を利用しても。どこか投げやりになっている自分を感じながらその衝動に抗えなかった。

告白して振られるか、一夜の相手になってもらうか――。

「ねぇ、和くん」

「ん?」

「あのね、こんなかわいいい花束、もらっておいて欲張りなんだけど……やっぱり私欲しいもの、ある」

「そうか、わかった。今日はもう店は閉まってるから別の日に一緒に買いに行こう。なにが欲しいんだ？」

和輝の声がやわらかくなった気がした。未来は触れていた右半身をさらに和輝にもたれさせる。

「ううん、もう別の日はないんだ。和くんとふたりで会うのも、今日が最後」

頭をなでていた手の動きが止まった。

「こうやって和くんに誕生日祝ってもらうのは、今年で終わりにしたいの」

「……なぜだ？」

「いくら子どもの頃からの付き合いで家族みたいだとしても、本当の兄妹でもないのにいつまでもふたりきりで祝ってもらうなんて、おかしいもの」

きっと近々和輝の結婚相手が決まる。未来が決心しなくても、来年からは彼とふたりでは会えない。片想いもこれで終わりだ。

（でも、今日まで……今日だけは許してほしい）

なにかに許しを請う気持ちで未来は続けた。

「だから、欲しいものというか、お願いしたいことがあって」

持たれかけていた体を離し、未来は和輝の顔を見た。どこか自分ではない誰かがしゃべっているような感覚を覚えながら。

「私の初めてを、もらってほしいの」

こちらを見る和輝の形のいい目が、思いきり見開かれた。

その表情を見て、未来は不思議とうれしくなっていた。

いつも冷静で余裕のある和輝に、自分がこんな顔をさせられるんだと。

それでも、彼が次に言葉を発するまでの沈黙はとても重く、長く感じた。

「言ってる意味、わかってるのか？」

彼の表情は非常に硬いものに変わっているが、未来はかまわず続ける。

「うん。もちろん」

「そんなこと」

できるわけないと続くのを遮って未来は続ける。

「実は私すごい好きな人がいたんだけど、片想いでつい最近失恋しちゃったの。でもこれから前向きに恋愛はしたいと思ってて。でも、恥ずかしながら、今までそういう経験がまったくなくて。ほらもう二十五歳だし？　なにも知らないっていうのはこの先男の人と付き合うにしてもハードルが上がっちゃう気がして。その点和くんは誰よりも信頼できるから……」

酔いの回った頭で夢中でまくし立てた。それでも最後の言葉ははっきり言いきる。

「和くんに教えてほしい」

未来は長年の想いを告白するより、酔いに任せて大胆なわがままを言って玉砕する方を選んだ。

ふたりの間に再び沈黙が落ち、和輝のウイスキーグラスの氷が立てたカランという音がやけに大きく聞こえた。

(冗談だろと笑って流されてもいいし、盛大に怒られてもいい。どんな反応でもちゃんと受け入れて、和くんとの最後の思い出にするんだ)

未来は、うつむきながら和輝の言葉を待った。

「……へぇ、君は俺を練習台にして、ほかの男のところに行くつもりなんだな」

「え?」

初めて聞くような苛立ちを含む声に、未来は驚いて顔を上げた。

和輝の表情をはっきり確認できないまま、未来の頬は彼の大きな両手のひらで固定される。

「じゃあ、望み通り教えてやるよ。忘れられないようなのを」

整いすぎた顔が躊躇なく近づく状況を処理しきれないうちに、和輝の唇が未来のそれと合わさる。

「……んっ！」

未来は反射的に和輝から体を引こうとしたが、そうはさせまいとばかりに彼はすばやく片手を未来の後頭部にすべらせると、逆に自分の方に引き寄せ、顔の角度を変えつつさらに何度も唇を重ねてくる。

未来がビクンと震えた拍子に膝にのせていた花束が足もとにすべり落ち、カサリと乾いた音を立てる。

しかしそれを気にする余裕などない。

「ちょ、か、和く……っ、んあ……」

唇がわずかに離れた瞬間、未来は酸素を求めようと口を開く。

しかしそれを待っていたかのように彼の舌が未来の小さな口内に侵入し、中を探り始める。

「んっ……！」

（嘘、ほんとにちょっと待って……！）

和輝が飲んでいたウイスキーの香りが未来の鼻腔をくすぐる。

芳香とともに送り込まれる初めての感覚にゾクリと背中が震え、あっという間に体の芯が溶けていく。

動悸でおかしくなりそうになりながら、未来はすがるように和輝のジャケットの胸をギュッと掴む。そこでやっと和輝の唇が離れた。

しかし和輝は未来を逃がすつもりはないようで、体を引き寄せたまま耳もとでささやく。

「これは初めてのキス？」

「……そ、そう、だけどっ……こんな」

「こんなキスされると思ってなかった？　でも、教えてほしいと言ったのは未来だ」

冷静な声色なのに、耳にかかる吐息は熱い。

（この色気全開の人は誰……？　そしてこれは現実なの？）

なんの反応もできずにいる未来をさらに抱き寄せ、和輝がつぶやく。

「〝すごい好きな人〟、ね。未来の雰囲気が大人びたのはそいつのためだったのか？」

「和くん？」

いまだ混乱している未来は言葉の意味がわからない。

しかし和輝は答えを求めているわけではないようだ。

和輝は体をそっと離すと、未来の足もとに落ちていた花束を拾い上げ、差し出してくる。

「俺が君に教えるのはキスだけじゃない。わかってるだろう?」

人間、思いもよらない事態が発生したとき、状況を把握できないまま流されることがある。

今、未来はまさにその渦中にあった。和輝に肩を抱かれ足を踏み入れたこの部屋は、バーのすぐ下の階にあるスイートルーム。

和輝はあのバーで宿泊の手配までスマートに済ませていた。

気づけば未来は、間接照明がともるベッドルームでジャケットを脱いだ和輝に組み敷かれていた。

いつの間にか、ワンピースの背中のリボンはほどかれ、華奢な白い肩がむき出しに。

ひんやりとしたシーツの感覚を直接感じて、未来は我に返る。

開いた襟ぐりに伸びてきた和輝の手首を未来は思わず掴んだ。

「ま、待って……今さらだけど、私たち、本当にこんなことしていいの?」

思考がまともに動き始めたのは、先ほどまでの酔いが醒めたからだ。

自分でお願いしておいてどうかと思うが、まさか本当にこんな状況になるとは思わなかった。気まずさと恥ずかしさでどうにかなりそうだ。

きっと顔は茹でたこのように真っ赤になっているだろう。

「本当に今さらだな」

「ごめんなさい……」

すると和輝は覆いかぶさったまま片手を未来の頬に添えた。

大きな手のひらの冷たい感触に、やはり自分が紅潮していると知る。

「わかった。未来、ここから先は無理には進めない。君が嫌だったり、怖いと思ったりするならこれ以上はしない。俺は帰るから君はひとりでここに泊まっていけばいい」

和輝は低い声で「でも」と続けた。

「俺のものになる覚悟があるなら、そのつもりで君を抱く」

「和くん……」

ベッドサイドの間接照明にほのかに照らされた和輝の顔。その表情から感情は読み取れない。

(そっか。頼み込まれたとはいえ、和くんは初めての私を気遣ってくれているんだ)

やっぱり嫌だ、怖いと言えば、言葉通り彼は未来から離れて帰っていくだろう。

そして二度と未来に触れることはない。

未来は和輝の言葉をもう一度心の中で反芻し考える。自分はどうしたいのかと。

和輝なら嫌じゃないし怖くもない。むしろ彼でなければ嫌だ。

恥ずかしいけれど、やっぱり初めては好きな人がいい。

(一度だけ。最初で最後ならきっと許される)

「……覚悟なら、あるよ」

未来は頬に添えられた和輝の手の甲におずおずと自分の手のひらを重ねた。気持ちを伝えるために目は離さなかった。

「和くんが嫌じゃなかったら……もらってください」

なにかが大きく動きだす前の張りつめた静寂がふたりの間に落ちる。

「わかった」

和輝は短く答えると上半身をかがめ、唇を重ねてきた。

「ん……」

バーでされた性急なキスよりやわらかくて優しいキスだった。

未来が唇の感覚を追っているうちに和輝の手が未来のワンピースの襟ぐりにかかり、器用に脱がしていく。

耳たぶに、首筋に唇を這わせつつ、彼の手のひらが下着姿になった未来の輪郭を探るようになでていく。

胸もとの下着がずらされ、やわらかいところに吸いつかれる。体の芯を溶かすほどの心地よさが、鼻にかかったような甘えた声となって漏れた。

「……ん……や、はずか、しい」

媚びるような声が自分のものとは思いたくなくて抑えようとするが、和輝は未来の唇を食みながらささやく。

「恥ずかしがらないでいい。見ているのも、聞いているのも……俺だけだ」

和輝は未来の手首を掴むと導くように手のひらを自らの頬を触らせた後、指先に触れるだけのキスを落とした。

やがて身に着けていたものがすべて取り払われ、和輝も自ら服を脱ぎ捨てた。

体のいたるところに彼の唇と指先を感じているうちに羞恥心は消え、甘い蜂蜜の中に自分がとろけていくような感覚になる。

「和くん……」

「俺に、委ねて」

和輝はいたわるようなキスを続けつつ、骨ばった長い指で未来の中をほぐしていく。

「あっ……」

得体のしれない感覚に追い立てられた未来は、和輝の逞しい背中に両手を伸ばし、夢中でしがみついた。

彼は未来を気遣いながらゆっくり進めてくれた。

どれくらいそうしていただろう。

「未来、君をもらう」

自分を見つめる和輝の瞳にはあきらかに熱がこもっているように未来は思えた。

（今、この瞬間だけは、和くんは私だけを見てくれている。なんて幸せなんだろう）

未来は微笑んで一度だけ顔を縦に振る。すると和輝はゆっくりと覆いかぶさり、未来の中に入ってきた。

初めての感覚に思わず体に力が入る。

「……っ、大丈夫か？」

大きくて温かい手のひらが、いたわるように未来の髪や頬をなでてくれる。

「ん……」

大丈夫だと伝えたくて、未来はすがる手に力を込めた。

「は、未来……」

じっとしていた和輝の体は、やがて明確な意志を持って動き始める。

未来は与えられる熱に我を忘れ、その身を委ねていった。

『かずくん、だいじょうぶ？』

黒い服を着た人たちが大勢行き交う中、詰襟の制服を着た和輝の顔を見て未来は胸がギュッと苦しくなった。

涙を流しているわけでもなく、悲痛な声をあげているわけでもない。ただ感情が抜け落ちた表情で立っているだけ。

でも未来は、和輝が深い悲しみの中にいると思った。

優しく、時にからかいながら遊んでくれる大好きなお兄ちゃん。

和輝の悲しみが痛々しくて、笑ってほしくて、いてもたってもいられなかった。

未来はつないでいた母の手を振りほどいて和輝に駆け寄り、制服の足もとに取りすがって夢中で言った。

『かずくん、かなしいの？　みく、かずくんにわらってほしいの。どうしたらいい？　あのね、みく、おおきくなったらかずくんの……』

（かずくんの……）

ぼんやりと思考が浮上していく。

(あれはたしか和くんのお母さんのお葬式のとき……なにか一生懸命に和くんに言った気がするけど、なんて言ったか覚えてなくて)

詳細は思い出せないが、その後のことは鮮明に記憶に残っている。自分の言葉で和輝がボロボロと泣きだしたからだ。

元気になってほしいのに、逆に泣かせるなんてどうしようと焦った未来も一緒になって泣いてしまったが、周りの大人は誰もとがめなかった。

(今思えば、お母さんが亡くなって悲しいのはあたり前なのに笑ってほしいなんて、子どもとはいえ無神経にもほどがあるよね)

後にも先にも、和輝が悲しみの感情をあらわにしたのを見たのはあのときだけだ。

それだけに今でもこうしてたまに思い出す。

まどろみの中、夢に想いを馳せていると徐々に意識がはっきりしてくる。

裸の背中がシーツに直接触れている違和感に、自分がいつもの朝と違う状況に置かれていることに気づく。

(……こっちは夢じゃないんだよね)

視線を傍らに移すと、現実離れした美貌の和輝の麗しき寝顔があった。

ちゃんと記憶は残っているし、なにより体の感覚が間違いなくこの人に抱かれたと物語っている。

昨夜ここで未来は意識を失うように眠りに落ち、和輝も傍らで一緒に寝てくれたようだ。

（え、ちょっと待って、和くんが起きたらどんな顔をしたらいいの？）

未来は整った寝顔を眺めつつ悩みに悩む。

昨夜の和輝は、未来の体を慮ってずいぶんと時間をかけてくれた。

結局未来の無謀なお願いを聞き、優しく初めてをもらってくれたのだ。

（なにもなかったようにサラリと流すのは私には無理だし、お手数をおかけしましたってお礼を言うのもなんだか恥ずかしい……こういうときに大人の対応ってなにが正解なの？）

しばらく考え込んでいると、和輝が身じろぎし瞼が開く気配がした。

（まずい、起きちゃう）

なんの心の準備も対策もできていないと焦った未来は、やり過ごすためにナチュラルに寝返りを打ったふりをして和輝に背中を向ける。

「……未来、寝ているのか？」

目を覚ました和輝に声をかけられるが、狸寝入《たぬき》りを続行する。

うしろから伸びた和輝の手が優しく未来の髪をなでた。

大きな手のひらの心地よさにしばらく身を任せていると、ふいに手の動きが止まる。

「──すまなかった」

独り言のようにつぶやく声が聞こえ、未来は心の中で息をのんだ。

和輝はそのまま静かにベッドを降り、布団を未来にかけ直して離れていく。

シャワーを浴びにバスルームに向かったようだ。

遠くで水音がし始めたのを確認した未来は、そっと起き上がる。

(和くんは私に謝るようなことをしたと思ってるんだ)

自分は希望を叶えてもらったのだから後悔はしていない。でも彼は、未来を抱くべきではなかったと悔やんでいるのかもしれない。

(和くんは一夜をともにしたからって、私を女性としては見られないんだろうな)

どんなにがんばっても、自分は和輝の幼なじみで妹的存在にすぎないのだ。わかっていたけれど胸が詰まる。

未来はシーツを体に巻きつけつつベッドから這い出る。

ソファーに置いてあったバッグからスマホを取り出して時刻を確認する。まだ朝の六時前だが電車は動き始めているはずだ。

今から家に帰って仕度をすれば会社には間に合うだろう。

（……面と向かって謝られたらつらすぎる。もうここは逃げてしまおう）

今の精神状態で彼と対峙するのは、気まずさといたたまれなさがすぎる。

そう判断した未来は、和輝がシャワーから出る前に帰ると決め仕度を始めた。

髪もメイクもボロボロだがかまっていられない。ソファーにかけられていた昨日の服を身に着け、すばやく身支度を終える。

（これも、早くお水につけてあげないと……）

テーブルの上に置かれたピンクの花束を忘れずに手に取り、未来は音を立てないよう扉に向かいノブに手を掛けて廊下に出る。ちょうどエレベーターが来ていたのですばやく乗り、下降しながら和輝にメッセージを送る。

【会社があるし先に家に帰ります。昨日のことは忘れてください！】

こちらは気にしていないと明るく伝えるために、文末にビックリマークとニッコリ笑った絵文字を添えた。

速足でホテルのエントランスを抜け外に出る。周囲の建物が朝日に照らされていた。

（和くん、最後のわがままを聞いてくれてありがとう。お見合い相手がいい人であり

ますように。そして、なにより和くんが幸せになりますように)

未来はいつの間にか浮かんでいた涙をそっと拭い、やわらかい光に目を細めながら早朝の駅へ足を向けた。

自宅に戻った未来はシャワーを浴び、短時間で身支度を整えいつも通り出勤した。

朝食をゆっくり食べている暇がなかったので、コンビニで買った菓子パンとマグネットスペースで淹れたコーヒーを片手にフリースペースになっている窓際の眺めのいいカウンター席に座る。

皇居のお濠を眼下に仕事ができるこの場所は特等席で、未来のお気に入りの場所だ。

社長室や役員室はひとつ上のフロアの奥まったエリアにまとまって配置されており、窓はない。

一般従業員のために眺望のいいスペースを割りあてる考えも、この会社の素晴らしいところだと思っている。

パソコンを開き、パンにかぶりつきながら朝一のメールチェックを終える。

和輝からはあの後一度【無事に家に着いたか?】とスマホにメッセージが届いたので【無事です】と返した。

【わかった】と短い答えを最後に、やりとりは終わった。

(さすが大人の対応。私が忘れてほしいと思った気持ちを汲んでくれているんだ)

フロアを見渡す限り和輝の姿は見えないが、副社長室も上のフロアなので出勤しているかどうかはわからない。

未来は心の中で『大丈夫』と自分に言い聞かせる。

昨夜、和輝は自分だけを見てくれていた。

熱のこもった瞳や初めて見た余裕のない表情。耳もとで『未来』とささやくかすれた声。

お願いしたからでなく、自分は彼に求められているのではないかという幸せな夢を見させてもらった。

(それにしても、何回もキスされた……)

なにもかも初めての経験だったので、そういうときはそういうものなのかも知れないが、和輝は何度も未来の唇を求めてきた。

未来はいまだ感覚が残る唇にそっと指先をあて、こっそりと顔を赤らめながら昨夜のあれこれを思い出す。

(なんというか、大人の階段どころか、フロアごと上がった気がする……)

和輝には忘れてと伝えたが、自分はきっと忘れられないだろう。

彼への想いはすぐに断つなんてできないし、今も胸が痛い。でもこれできっと前に進める。この思い出とともに長い片想いを立派に卒業するのだ。

（ユキちゃんの言葉の通りの結果になったよ。さすが自称恋多き乙女。それにオシャレは下着からって言ってくれてありがとう。お勧めのかわいいの着けててよかった……）

少々ずれたところで雪成に心から感謝する未来だった。

その後は通常通り仕事を粛々と進めた。

そろそろ昼休憩の時間帯、フロアの端の作業エリアで未来は都内の有名結婚式場から発注された什器類の見積書のチェックを行っていた。

（これ、尾形くんが取ってきた新規案件だ。なるほど、式場じゃなくてブライダルサロンの方の備品を改修を機に全部入れ替えるのね。なかなかいいセンス）

品番を見ただけで商品が思い浮かぶほど、頭の中に自社のカタログは叩き込まれている。

イノセの製品の中でも比較的価格帯の高いラインナップから、モダンなデザインの椅子やテーブルが選ばれていた。

なんとなく気になってその式場のホームページを開いてみると、トップページに光が差し込む式場の祭壇の前で、ウエディングドレスとタキシードで向き合い笑い合う一組のモデルの画像が掲載されていた。

それは幸せの象徴のような明るいイメージで、未来は近い将来現実になるであろう和輝の結婚式に思いを馳せた。

（結婚式か……きっと和くんの結婚式には呼ばれちゃうし、出ないわけにもいかないんだろうな）

いくら彼への想いは手放すと決めたとはいえ、こんなふうにパートナーと笑い合う結婚式を目のあたりにしたらさすがにつらいものがある。

それならさっさと自分も新しい恋を見つけた方がいいのだろうか。

それこそ、結婚したいと思えるくらいの。

ふと、雪成に婚活でもしたらと軽く勧められたことを思い出す。

（ユキちゃんは、私が婚活市場に出たら引く手あまただと言ってくれていたっけ）

「婚活か、考えようでは悪くないけど」

パソコン画面を眺めつつ独り言がこぼれたが、やっぱり違うなと思う。別に自分はすぐに結婚がしたいわけではない。

「園田、お前婚活するのか⁉」

「ひっ！」

すぐうしろで声がして驚いて振り返ると、同期の尾形が立っていた。

手のひらを口にあてて驚愕の形相になっている。

「今、婚活って言っただろう？　結婚するつもりなのか？」

「お、尾形くん、声が大きい！」

どうやら彼は未来の独り言を聞いて誤解したらしい。慌てて周囲をうかがいつつ否定する。昼前の時間帯でフロアにはかなりの社員がいてざわざわしていたが、一瞬静まり返ったのは……気のせいだと思いたい。

「いやでも、お前今開いているサイト！　結婚したいから婚活するのか？」

なぜこんなに彼が慌てているのか解せないが、婚活婚活と連呼しないでほしい。

そして声のボリュームを下げてもらいたい。

「違う！　婚活じゃなくてっ。ここ尾形くんが受注もらってきた取引先でしょ。見積もり見てどんな施設か確認したくて開いてただけ」

「あ、そうか。すまん。でも婚活って聞こえたから……」

我に返った尾形の声がトーンダウンし、未来はホッとする。

「違う違う。えーっと、コンカツじゃなくて……そう、とんかつ！　久しぶりにランチはがっつりとんかつでも食べようかと思っていたの」

「とんかつ？　……あぁ、なんだ、聞き間違いか。なんか、悪かったな」

苦し紛れのわりに我ながらナイスな返しじゃないかと思う。その証拠に、尾形も納得してくれたようで頭をかきながら謝ってくれる。

「もう、尾形くんったら、お疲れで耳の調子悪いんじゃない？　じゃあ、一緒に行く？ランチにはちょっと高いけど」

「えっ、ふたりで？」

声を弾ませた尾形の背後から桜衣がひょっこりと姿を現す。

「いいわね～とんかつ。私もご一緒していいかしら？」

「あ、サエさん！　もちろんです。行きましょう」

未来は大好きな先輩の登場にぱっと顔を明るくした。

なぜか少し残念そうな尾形と三人で連れだって、地下街のとんかつ屋に向かうのだった。

俺の妻になれ

一日の仕事を終え、帰宅した未来は自宅アパートの部屋のローテーブルの前に正座し「いただきます」と手を合わせて夕食を食べ始めた。

メニューは帰りがけにスーパーで安くなっていたお惣菜の春巻きと冷蔵庫にあったもやしとニラの炒め物、冷奴《ひややっこ》とレトルトの味噌汁と冷凍ごはんをチンしただけの簡単なものだ。

冷蔵庫から出してきたペットボトルの麦茶をマグカップに注ぐ。

「いろいろあったけど、今日も一日がんばって働いた私、えらいわぁ」

無理に出した明るい独り言とは裏腹に、部屋の隅に積み上がった段ボールが厳しい現実を知らしめてくる。

「……目下の問題は、この荷物と私の行き先をどうするかなんだよね」

本当なら次の日曜にこの部屋を出ていくはずだったのだが、父の再婚に伴い未来は実家に戻るのをやめるつもりでいる。

父が仮に再婚相手と未来と三人で暮らすつもりだとしても、未来はそこまで無神経ではない。相手だって嫌だろう。

父には昨日電話がきたときに引っ越しをやめたと伝えたものの、実際のところ引っ越し業者は手配済みだし、コツコツやっていた荷造りもほとんど終わっている。もちろんアパートの退去手続きも済んでいる。

今日昼過ぎに管理会社に問い合わせたが、すでに次の入居者も決まっていて退去を引き延ばすことはできないらしい。

それならすぐに違う引っ越し先を探せばいいのだが、とにかく時間がなさすぎた。

「明日は早めに仕事終わらせて不動産屋に行かなきゃ」

即入居可能でなるべく希望に合うような物件を探すしかない。

それができないなら、予定通り一度実家に荷物を運び込み、父が戻ってくるまでに新居を決めもう一度引っ越しをするしかないが、正直かなりの手間とお金がかかるから避けたいところだ。

食事を終えた未来は、賃貸情報をチェックすべくテーブルの上に置いたノートパソコンで検索をかけようとした。

——ピンポーン。

インターフォンが鳴り、未来はビクンと肩を揺らす。

「え、こんな時間に、誰？」

すでに夜の九時になろうとしている。宅急便が届く予定もない。

知らない人だったら居留守を使おうと考えつつ立ち上がり、モニターを見た未来は驚いて固まる。

小さな画面には長身イケメンの姿が映し出されていた。

「え、和くん？」

「通してくれ」

「え、うん」

言われるままオートロックを開錠してしばらくすると、再びインターフォンが鳴る。

モニターに映るのはやはりスーツ姿の和輝だ。未来がドアに駆け寄り開けると、彼は眉をひそめて立っていた。

「未来、誰だか確認しないですぐにドアを開けたらだめだろう」

「一応モニターで確認したけど」

「ちゃんとやりとりしてからだ。もし見間違いだったらどうする」

「……はい」

不機嫌そうな顔でお小言を言った後、和輝はずいっとドアの内側に入ってくる。

「話がある。上げてくれ」

「えっ？」

今まで和輝は玄関まで送っても、部屋に上がろうとしたことは一度もなかった。

困惑しているうちに彼は部屋の鍵をかけ、靴を脱ぎ躊躇なく中に入っていく。

（気まずいはずなのに、反射的にドアを開けちゃった……！　話って、もしかして昨日の？　それに今、上がられるのは……）

部屋の中は段ボールだらけだ。敏い和輝が気づかないわけがない。

「えっと……コーヒーでいい？」

未来は平静を装いつつ、さりげなくテーブルからパソコンを片づける。

「いや、話をしたらすぐ帰るつもりだ……未来、引っ越しでもするのか？」

部屋を見回した和輝は、案の定一瞬で部屋の違和感に気づいた。

さすがにごまかせないと思った未来は、つとめて軽い調子で答える。

「あー、うん。実はね」

「俺はなにも聞いていない。いつだ」

「今度の日曜、かな」

「すぐじゃないか。どこに行くつもりだ」

「……えーと」

尋問のように畳みかけられ、だんだん声が小さくなる。

なぜ彼はこんなに機嫌が悪いのだろう。前からセキュリティが心配だから引っ越した方がいいと言っていたのに、報告がないと怒っているのだろうか。

未来としてはこれ以上自分を気にかけてほしくなくてなにも言わないでいたし、引っ越しを目前に住む家が決まっていないという状況はなおさら知られたくない。

「まさか、誰かと住むのか？」

いよいよ低くなる声色に未来は困惑を深める。

「う、ううん、ひとりだけど」

「じゃあ、どこに引っ越すんだ？」

「………」

「未来」

眉間にしわを寄せた和輝に睨むように見下ろされ、ゆっくりと名前を呼ばれる。

これはだめなパターンだ。昔から和輝は未来の隠し事に敏感だ。この顔をした彼をごまかせたためしがない。

子どもの頃はもちろん、高校生のとき、風邪気味なのを隠して学校に行こうとしていた未来に気づいた和輝にこの顔で詰め寄られ、体調不良を白状させられた上、往診の医師まで呼ばれてしまった経験がある。もちろんその日学校は休むことになった。

「う……わかった。話すから、とりあえず座って」

未来は肩を落としながら和輝をソファーに促し、自分は斜め前に小さなスツールを置き座る。

「——というわけで、すぐ入居できる部屋を探そうとしているの」

未来は実家に帰ろうとしていたが、父の再婚によって取りやめた。とはいえ急な話で行き先が決まっていない状況を説明した。

「でも、大丈夫だよ。明日不動産屋に行くつもりだから」

きっとなんとかなるよと明るく言う未来に、和輝はため息交じりに口を開いた。

「なぜ、すぐ俺に相談しなかった」

「お父さんの話聞いたの昨日の朝だったし、急すぎて昨日は現実逃避したかったの」

そもそも和輝に頼ろうなんて、これっぽっちも考えていなかったのだが。

「まあいい。未来、それなら即入居可能でセキュリティ万全な物件がある」

和輝はサラリとした口調で言う。

「それってもしかして、猪瀬のお屋敷のこと？　さすがにもうご厄介になるつもりは

ない よ」

和輝なら言いそうだと思う。

なんせあそこには未来が使っていた部屋がそのまま残っている。でも一度ならず二度までも迷惑をかけるわけにはいかない。

すると和輝の口から思いがけない言葉が返ってきた。

「違う。君が住むのは俺のマンションだ」

「ん？　オレノマンション？」

首をかしげる未来に和輝は続ける。

「俺のマンションなら未来ひとり増えるくらい問題ないほどの広さがある。コンシェルジュが常駐していてセキュリティも問題ない。それになにより会社に近くて通勤しやすいぞ」

そこまで言われてやっと理解した未来は、にわかに慌てだす。

「ま、まさか、和くんのマンションに私が住むって言ってる？　気持ちはありがたいけど、さすがにだめだよ」

「なんの問題がある？」

「むしろ問題しかなくない？」

和輝が気にしなくても、自分と周囲の人間は気にするのだ。というか、和輝も少しは気にしてほしい。

「いくら幼なじみとはいえ、なんというか、若い男女がひとつ屋根の下に暮らすっていうのは……」

焦る未来に、和輝は口の端を上げて笑みをつくる。

「若い男女がひとつ屋根の下、ね。だが、俺たちはもうすでに〝そういうこと〟をした仲だろう？」

「なっ……」

〝そういうこと〟を強調するような言い方に、未来の顔に瞬間的に熱が集まる。

「……忘れてってメッセージ入れたよね」

「忘れられるわけないだろう」

「和くん？」

彼の声が不自然なほど低く揺れた気がして思わず聞き返すが、一瞬だった。

戸惑う未来にかまわず「それに」と和輝が続ける。

「そもそも、俺は結婚を申し込みにここに来た。結婚する俺たちが一緒に住むのはなんら問題ないし、むしろ自然だ」

「……はい？」

「未来、俺の妻になれ」

和輝はなんでもないように言うと、真っすぐに未来の目を見つめた。

（つ、妻って、冗談？　ううん、和くんはこんなことを冗談で言う人じゃない）

だからこそ、戸惑いが焦りに変わる。

「あの……ごめん、それって、私が和くんと結婚して和くんの奥さんになるっていう意味？」

「そうだな、俺と結婚したら俺以外の〝奥さん〟にはならないはずだ」

「待って待って！　和くんおかしいよ、奥さんなんて、なんで急にそんな話になってるの。ありえないよ」

スツールから落ちんばかりに動揺する未来の耳に、静かなひと言が響く。

「覚悟」

「え？」

「俺は昨日聞いたはずだ、俺のものになる覚悟はあるかと」

未来は昨夜ホテルのベッドに組み敷かれながら、彼としたやりとりを思い出す。

――『俺のものになる覚悟があるならそのつもりで君を抱く』

──『覚悟なら、あるよ』

「覚悟があると言っただろう？　だから俺も未来の人生をもらい受ける覚悟を持って抱いた」

(俺のものになる覚悟って……そういう意味だったの？)

未来はあのとき、初めてを失う覚悟があるかと言われたと思っていた。

「今朝ホテルでこれからのことを話そうと思っていたのに、君は逃げた」

グッと言葉に詰まるが、それを気にしている場合ではない。なんとか声を絞り出す。

「……和くん違うの。あれは一夜限りっていうか、私が経験上初めてをもらってほしかっただけで……そんな重くとらえなくてもよくて」

本当なら長年片想いしてきた男性に妻になれと言われたらうれしいはずだ。でも未来はそう思えなかった。和輝が自分を女性として愛していないことを知っているから。

それに和輝は庶民の自分とは違うしかるべき家柄の相手と出会い、結婚する予定なのだ。彼や猪瀬家の将来を邪魔することはできない。

ここでなんとか説得しないとまずい方向に行きそうな気がする。

言葉を探すがうまく切り出せない。

「未来は俺が大事な幼なじみの初めてを奪った上、一夜限りにするようなクズ男だとでも思っていたのか？」

和輝の険しい顔がこちらを追いつめる。

「そんなの……」

思うわけないと言いかけて、未来は今になって昨夜の行動の重大さに気づく。

少し考えればわかったはずだ。幼い頃から妹のように接してきた未来と一夜を過ごしてなかったことにする。和輝はそんな不誠実な男性ではない。

自分の軽率な言動のせいで、和輝にとんでもない重荷を背負わせてしまったのではないだろうか。そう考えると背筋が寒くなる。

未来はすがる思いで和輝に言い募る。

「和くん、本当にごめんなさい。むしろ悪いのは変なお願いした私の方なの。責任なんて感じる必要ないから」

「それでも、実際抱いたのは俺だ。それに、悪いと思うなら、責任を取って俺の妻になればいいだろう」

「そんなの、なれるはずないよ……」

いつになく強引な和輝に逃げ道をなくされ泣きそうになっていると、彼は表情を曇らせた。

「俺と結婚するのはそんなに嫌か？　……そんなに失恋相手の男が忘れられないのか」

硬い声に切なさが混じる。それほどまでに和輝は責任を感じているのだ。

(本当はお見合いの話、知ってるって言うつもりはなかったけど、ちゃんと伝えた方がいいよね)

未来は渋々口を開く。

「あのね、私知ってるの。和くんお見合いするんでしょ？」

「未来、話を逸らすな……え、見合い？」

和輝は初めて聞いたような顔をしている。

「美津子さんが言ってたよ。和くんが結婚する気になったからお見合いするって。おとといもいろいろ準備中だって言ってたし、お話進むんじゃないの？　これからお見合いをする人が私と一緒に住むのはどう考えてもおかしいし、結婚なんてもってのほかでしょ」

未来の話を聞いた和輝は「美津子さんがそんなことを」とあきれた顔になる。

「たしかに美津子さんが、少し前に結婚しないのかとしつこく聞いてきたから『〝いつかは〟結婚はするつもりだ』とは伝えた。でも見合いを頼んだ覚えはないし、する気もない」

「嘘……」

　思わず声が漏れる。

「完全に美津子さんの空回りだ。しかし面倒だな」

（え、私、和くんもお見合いに乗り気なのかと思ってたけど、美津子さんだけが前のめりだっただけ？）

「で、でも、ノリノリで準備してるっぽいよ。美津子さんのためにもやっぱりお見合いはした方が」

　未来が慌てて取り繕うと、和輝は抑揚のない声で答えた。

「俺は美津子さんの見つけてきた相手と見合いをして、君はこれから婚活するというわけだ」

「へ？　婚活？」

「あんなに大きな声で婚活するって騒いでいたら、フロア中に聞こえるぞ」

「もしかして、あのとき、近くにいたの⁉」

　今日和輝はどれだけ未来を驚かせるつもりなのだろう。

「昼休み前に佐野さんとミーティングスペースで打ち合わせをしていたら、未来が営業の尾形とじゃれ合う声が聞こえてきた。彼とずいぶんと仲がいいんだな」

フロアに点在しているミーティングスペースのどこかで、しっかり聞かれていたらしい。

「最後まで聞いてなかったの？　あれは尾形くんの勘違いで。婚活するつもりはないの」

「そうか。でも、まったく考えないわけではなかったんだろう？　昨日言ってたな。長年片想いしていた相手に失恋したから、次の恋愛に行くために経験しておきたいと。だったら次の恋愛もその先の結婚相手も俺でもいいわけだ。婚活するくらいなら俺で手を打てばいいだろう」

「……冗談、だよね」

和輝はわずかに首をかしげつつこちらを見つめてくる。

「俺も猪瀬家のために結婚したいと思う気持ちに間違いはない。美津子さんも俺を結婚させたがっている。その結婚相手に未来がなればすべて解決だ」

未来はとうとうスツールから飛び降りて、ソファーに座る和輝の足もとで正座して懇願する。

「だめだよ、和くんちゃんと考えて。私と結婚するなんて言ったら美津子さんもおじさんもびっくりするよ。美津子さんショックで心臓止まったらどうするの？」

元気そうに見えても彼女は心臓に持病を抱えているのだ。余計な心労をかけさせたくない。

「美津子さんも親父も君をかわいがってきただろう?」

「たしかにものすごく優しくしてもらってきたし、感謝しきれないけど、冗談でも嫁にこいなんて言われたことないよ。和くんと私じゃ生まれも育ちも立場も違いすぎて、どう考えても釣り合わないもの」

彼らにとって自分は親戚の子のようなもので、決して跡取りの嫁として迎えられる人間ではない。

五年前に一度だけあった和輝の縁談が、大企業の社長令嬢との話だったのがその証拠だ。しかもその相手、日比野《ひびの》加奈から未来はハッキリ告げられている。

『彼の結婚相手は、猪瀬家に釣り合う名家の女性でなければ無理なのよ。あなたは、違うわよね?』と。

非の打ちどころのない存在を前に、未来は自分の身のほどを知った。

それでも和輝への想いをすぐには断ち切れなかった未来は、彼のそばでひっそりと片想いを続けることにした。彼の結婚が決まったそのときには、きっぱり終えると心に決めて。

しかし、このままでは自分は和輝に体で迫った上、責任を取らせる最低な女になってしまう。

あんなによくしてくれていた猪瀬家の人たちへの恩を仇で返すなんて、それだけは嫌だ。

大好きな人たちに嫌われたくない。せめて〝親戚のいい子〟でいたいのだ。

そして少し遠くから猪瀬家の幸せを願わせてほしい。

「和くんお願い。考え直して」

正座したまま和輝を見上げる。

しばらく未来を見ていた和輝は、本当に仕方なさそうな顔をして大きくため息をついた。

「わかった。俺も未来の気持ちを考えず強引に結婚するのは本意ではない」

「っ、じゃあ！」

「二か月やる」

パッと顔を明るくしたのも一瞬、未来は和輝の予想外の言葉に息をのむ。

「え？」

「なんにでも〝お試し期間〟ってあるだろう？　俺のマンションで一緒に暮らしてみ

て、俺が君の夫にふさわしいか判断してくれ。それでも嫌だったら出ていってくれていい。そのときは引っ越し先も俺が手配するし、実家にはなにも言わないでおく」

「お試し期間……」

和輝は固まる未来の顔に再び手を伸ばし頬をスルリとなでると、形のよい唇でゆっくり笑った。

「まあ、逃がすつもりはないが。君のお眼鏡にかなうよう本気でいくから、覚悟しておけよ」

『本当にオトナにされちゃったとはね～』

雪成が電話越しにケラケラと笑う。

「ユキちゃん、言い方」

『長年の片想い相手に初めてをもらってもらった上に、その彼に結婚を申し込まれたんでしょ。オールハッピーじゃない。で、速攻囲われ、同棲がスタートって……相当焦らせたのかしら。思っていた以上の成果が出たわね』

「ユキちゃん？」

雪成の声がだんだん独り言のようになり、よく聞こえずに未来は聞き返す。

『ううん、なんでもー。で、未来はなにがご不満なわけ？』

「不満というか、やっぱり和くんや猪瀬家の将来を邪魔するわけにはいかないし、和くんの責任感に付け込むようなことはダメだと思ってる」

未来は高い天井を見上げながら、電話の向こうの親友に本音を漏らした。

時刻は夜の十時を過ぎようとしている。

広い座面のダークブラウンの本革ソファーに腰掛けながら、未来は事の顛末を雪成に電話で報告していた。

和輝が暮らすここ、御茶ノ水《おちゃのみず》のマンションに引っ越してきてから約二週間が経つ。

ダークカラーで統一されている広いリビング。レンガと打ちっぱなしコンクリートが使われた内装に、アンティーク調の家具や照明が配置され、大きな窓辺に置かれた背の高い観葉植物は無機質な部屋に違和感なく溶け込み、クールなブルックリンスタイルを作り上げている。

キッチンはアイランド型で、壁側の白いサブウェイタイルがリビングとの統一感と清潔感を出している。

半年前に家主自らデザインしてリフォーム工事を入れたそうだが、かなりのセンスと資金力が必要だったはずだ。

オシャレなだけでなく、生活のしやすさも両立しているのだから、さすがとしか言いようがない。

和輝は未来の部屋で結婚を申し込んだ翌日引っ越し先をここに変更させ、一週間後には〝お試し結婚〟をスタートさせていた。

『えー、そんなもん、付け込んでなんぼでしょーよ。気にしなくたっていいわよ、彼が別の人と結婚するって決まってるわけじゃないんでしょ』

「なに言ってるの。気にするよ。それに急に和くんが同居を提案してきたのは、私が引っ越し先に困ってることもあったんだと思う」

多少頭が冷えてきた今、いろいろ気づいてきた。

和輝の行動の根底にあるのは、行き先のない未来を心配する気持ちだ。

そうでなければ、いくら責任を感じているとはいえ、ここまで強引に家に連れてこなかっただろう。

「正直ここにいさせてもらって助かってる。だからこそ早めに自分で引っ越し先を見つけるつもり」

『ずっと居座ればいいじゃない。それにお試しとかいって毎日甘ーい生活を送ってるんでしょ。いいなぁ、私も大人のイケメンに甘やかされたいわぁ〜』

「甘い生活なんてまさか」

未来がとっさに否定したタイミングで玄関の方で鍵が開く音がした。

「あ、帰ってきたみたい」

『じゃあ、切るわね。今度会ってゆっくり話しましょ。しばらく研修とか入ってて忙しいけど、時間できたら連絡するから』

「うん。話聞いてくれてありがと」

『まあ、がんばんなさい』

雪成は『ウフフ』と意味深な笑い声を残して電話を切った。

「ユキちゃんったら完全におもしろがってるな……」

苦笑しつつソファーから腰を上げる。まあ、こうしてなんでも話せる親友がいるというのはありがたいのだが。

未来が玄関に行くと、ピカピカに磨き上げられたたたきの上で和輝が靴を脱いでいるところだった。

「和くん、おかえりなさい。お疲れさま」

「ただいま。未来」

和輝は出迎えた未来に表情をやわらかくし、優しく頭をなでてきた。

こちらに注がれる視線が愛おしそうに見えてしまい、心臓の動きが速くなる。

（へ、平常心……っ！）

未来は自分を叱咤しなんとか声を出す。

「大阪《おおさか》日帰りなんて大変だったね。泊まってくれればよかったのに」

和輝は今日大阪への出張で早朝家を出た。きっと移動で疲れているはずだ。

「ここで未来が待っているのに、違う場所で泊まるなんてできるわけないだろう」

頭の上から甘さを含む声が降ってくる。

「……ごはん、作っておいたよ。すぐに食べる？　私は先に食べちゃったけど」

「ありがとう。もらうよ。ああこれ、向こうのスタッフがおいしいと言っていたバターサンドも入ってる。君、好きだろう？」

「わ、ありがとう！」

大阪土産と思われる焼き菓子や和菓子などが入った大きな紙袋を手渡され、未来は声を弾ませる。

和輝はフッと唇に笑みを浮かべ、パウダールームに向かっていった。

その姿を未来は思わず頬を熱くしながら見送る。

もとから優しい人ではあるが、ここで同居するようになってからの和輝の言動は、幼なじみとしてはやけに近いし甘い気がする。

（結婚のお試し期間だから特別優しくしてくれてるとか？　いや、それはないよ）

雪成に話したように、和輝が未来に結婚を提案したのは幼なじみへの責任感と、住居提供のためだ。彼にはしかるべき相手と結婚する将来が待っている。これ以上彼の負担にならずに納得できるような形でこの生活を終え、穏便にここを去らなければならない。

(とりあえずごはん準備しよう。和くん疲れてるんだから早く食べて寝てもらわなきゃ)

未来はいったん気持ちを切り替え、キッチンへと向かった。

「うまい」

未来が作っておいたカレーを和輝はおいしそうに口に運ぶ。

「市販のカレールーを使って箱に書いてあるレシピ通りに作った、なんのひねりもないごく普通のカレーだけどね」

「でもうまい。それにサラダは未来のオリジナルだろう? さっぱりしていていい」

野菜をたくさん食べてもらいたくて、間に合わせで作ったキャベツのサラダ。サッとゆでて、缶詰のコーンとめんつゆベースのドレッシングで和えただけの超手抜き料理なのだが、和輝は気に入ってくれたようだ。

気持ちいい食べっぷりはうれしいが、少しいたたまれない。

「褒めてもらうと申し訳なくなるくらいのお手軽メニューだよ」

「それでもうまいものはうまい。君だって忙しいのに、夕食を準備してくれるだけでも助かってる。ありがとう」

和輝は未来を見つめて表情を和らげた。

（……そんな顔でお礼なんて言わないでほしい。うれしくなりすぎちゃう）

未来は内心身もだえながら「うん」と小声で返事をした。

食後の緑茶を出した後、未来がリビングでノートパソコンを開いていたら声がかかった。

「まだ物件探ししてるのか」

振り返ると、うしろで和輝があきれた顔をして立っている。

「う、うん」

「まだここで暮らし始めて二週間しか経っていない。今から出ていく先を考える必要はないだろう？」

「だって、あと一か月半しかないし、あっという間に経っちゃうでしょ」

事実、この二週間は和輝との生活に慣れようとしているうちに過ぎてしまった。

しかし自分の住む家くらい自分で見つけなければとずっと思っているし、彼にも主張し続けている。

「君が出ていくことになったとしても、引っ越し先は俺が手配すると言っただろう」

「これ以上迷惑かけられないよ。自分でちゃんと探すから」

未来は改めてパソコンに向き直る。

「俺は迷惑なんて思ってない……そうか」

和輝はなにかに気がついたような声を出した。

「急に環境が変わって未来も疲れてるんじゃないか。気分転換が必要だな。週末はふたりでどこかに遊びに行くか」

「ううん、疲れてないよ。むしろ通勤も楽になって体は楽だし」

未来は首を横に振る。

このマンションは駅から近いし、電車で東京駅まで十分かからない。満員電車に乗る時間が大幅に減ったのでかなり負担が軽くなった。さらにイノセの入るビルは東京駅から歩いて十分ほどの好立地である。

「俺の車で一緒に通勤すればもっと楽になると言っているのに」

「会社の人に見られたら大騒ぎになるでしょ。私を火の海に投げ込みたいの？」

車で通勤している和輝に一緒に乗るように言われ続けているが、未来はずっと固辞している。彼は自分の女性からの人気のすさまじさを知らないのか。

副社長という肩書と近寄りがたい雰囲気ゆえ、表立ってアプローチする女性は多くないだけで、その冷たい雰囲気が俺様っぽくてむしろ素敵と熱い視線を送っているファンがどれだけいるか。

彼と個人的な関わり、まして一緒に暮らしているなどと知れ渡ったら……考えるだけで恐ろしい。

いずれここを出ていく身ならなおさらだ。

「……って、和くん、わざとはぐらかしてるでしょ」

未来がこの家を出ていく話をすると、和輝は絶妙に話題をすり替える。

「未来が何回も同じような話をするからだろう。出ていくことより、今は俺との将来を考えてほしいんだが」

膨れた未来に和輝は余裕の笑みを浮かべた。

「作ってくれたのは未来。俺が片づけをするのは当然だ」と譲らなかったため、後片づけを和輝に託した未来は先に入浴を済ませ、寝室に向かった。

キングサイズのベッドの左側にもぞもぞと入って目を閉じる。

(ここで寝るのも慣れたような、慣れないような……)

未来は引っ越し当日から、和輝の寝室にあるこのベッドで寝ている。

和輝は未来の部屋は用意してくれたが、ベッドは置いてくれなかった。

彼いわく『お試し結婚とはいえ同居しているふたりが同じ部屋で寝るのはあたり前』らしい。合っているのだろうか。

（そもそも『俺が君の夫にふさわしいか判断してくれ』なんて、おこがましいし、恐れ多い話なんですけど。私こそ和くんにふさわしくないって気づいてほしい）

同居当初、未来はいっそのこと家事をなにもやらずに和輝にあきれられるのはどうだろうと考えた。

しかし実行に移す前に自分には到底無理だと悟った。

副社長として会社の中枢を担う和輝が難しい交渉を多数進めているのは、下っ端社員の自分にも想像に難くない。実際毎日忙しく働く彼は早朝に出勤し、帰宅も遅い。溌溂としているが、疲れていないわけがない。

住まわせてもらって家事もしないなんて、考えただけで罪悪感でおかしくなりそう。むしろ自分がここにいる間くらい雑事は気にせず、栄養のある物を食べてゆっくり眠ってほしいと思っている。

布団の中でつらつら考えていると寝室のドアが開く。きしむ音とともに和輝がベッドに入ってきた。

「未来、起きてるか？」

横向きに寝ていた背中に気配を感じた直後、優しい声が未来の鼓膜を震わせる。

「……うん」

おずおずと体を和輝の方に向けると、至近距離で目が合った。

シャンプーのさわやかな香りを感じて心拍数が跳ね上がる。

「眠かったのに声をかけてすまない、寝る前に未来の顔を見たかった」

未来は黙ったまま小さく首を横に振る。すると、向かい合った状態で和輝はじっとこちらを見つめてきた。

美しい瞳に宿る優しさに愛おしさも含まれていると感じるのは、きっとうぬぼれだ。

彼は視線を未来に向けたまま、いつの間にか顔にかかっていた髪をよけて耳にかけてくれた。

「あ、ごめんね。ありがとう」

恥ずかしさで小声になる未来に和輝は表情を緩め、そのまま頭をゆっくりなでて低くささやいた。

「おやすみ」

「……おやすみなさい」

未来はドキドキとうるさい鼓動を押えつつ、なんとか平静を装った。

和輝が枕もとで照明を操作する。すると部屋はベッドサイドの間接照明のほのかな明かりだけになった。

未来は布団の中でこっそり体の力を抜く。

こうして同じベッドで寝ていても、和輝は自分に手を出そうとしない。毎晩こうして隣で眠るだけだ。今のようにたまに挨拶のようになでられたりするけれど、それ以上の行為はいっさいない。

(『本気でいくから、覚悟しておけよ』っていうのは本気で甘やかしてくれるってことだったんだな)

一度は体を重ねた間柄だ。二度目があってはならないと理解しているが、もしかしたら……などと一瞬でも想像した自分が猛烈に恥ずかしい。

(あの夜は私が切り出して無理やりお願いしたんだから、和くんは後悔してるはずなのに)

その証拠に彼は翌朝未来に『すまなかった』とつぶやいていた。

和輝は初めてを奪った責任感といくあてのない幼なじみへの同情から、こうしてそばに置いてくれている。

（全部私を気遣ってくれてるだけなんだよね）

和輝はただただ未来を思いやってくれている。

その気持ちがうれしいと思いつつ、甘えすぎるといよいよ和輝から離れられなくなりそうだ。

隣から規則的な息づかいが聞こえてきた。寝息さえ愛しいと感じるのは、彼への想いが捨てられないからだろう。

（あの夜をきっかけに和くんへの恋は終わりにしようと決めてたのに……。これ以上、欲張りになりたくない……）

未来は切ない気持ちを忘れたくて、睡魔に身を委ねることにした。

君にとっては終わりでも、俺にとっては始まりだった

「悪くない話だ。この分野は商品が飽和状態で、うちとしても風穴を開けたかったからな。さすがに抜け目ないな」

『先輩の嗅覚にはかないませんよ。今大ヒットしている筆記用具のシリーズ、噂ではイノセの副社長の肝いりって聞いてますが、本当ですか？』

副社長室で和輝は仕事の電話をしていた。

相手は大学の後輩で、大手精密機器メーカーの跡取り。現在は経営戦略室の部長をしている男だ。

彼から、オフィスの利用状況の可視化からデジタルデータ化までトータルで管理できる新しいアプリケーションを共同開発しないかと打診されたのだ。もちろんそれに用いる超小型センサーは彼の会社の製品となる。

先方にはイノセの事務機器を導入してもらっているし、オフィスデザインも国内法人営業部が引き受けている。いわゆる互恵の形ではあるが、お互いの企業が持つ実力を認識した上での取引だ。

電話の向こうで如才なく受け答えしてくる男は、物腰はやわらかいが実はかなりのやり手である。後輩で気心が知れてはいるが油断はできない。

最近大あたりした新しい素材のインクを使った筆記用品は、たしかに和輝が目をつけて商品化に持ち込んだものだが「どうだろうな」とうそぶいておく。

「それより、この件はまず小規模プロジェクトを立ち上げて、実現可能か検討しよう。人選を進めておく」

『こちらも精鋭を選出しますし、僕も最初は入らせてもらいます』

「そうだな。よろしく頼む……それはそうと、どうだ、新婚生活は」

もともと人あたりのいい男だが、今日はとくに声が明るい気がして和輝は普段なら仕事中にしない話題を口にした。

和輝は数か月前に彼の結婚式に出席している。花嫁は彼の部下の女性。大企業の次期社長が挙げる式としては派手さはなかったかもしれないが、心のこもった温かい式で、新郎新婦の幸せそうな笑顔が印象に残っている。

『まあ、控えめに言って毎日幸せすぎて怖いくらいです。誰よりも愛する女性が自分の妻になって、名実ともに僕のものなんですから』

「聞いたのは間違いだったな」

速攻でのろける後輩に苦笑すると『はは、すみません』とやわらかい笑い声が聞こえてきた。本当に幸せでしょうがないのだろう。

『でも、珍しいですね、先輩が仕事の電話でプライベートな話題を持ち出すなんて』

「結婚式に出席した身としては気になったからな」

その後、彼ののろけ話にもう少しだけ付き合い、近々飲みにいこうと約束し通話を終えた。

「〝名実ともに僕のもの〟か」

スマートフォンを執務テーブルに置いた和輝は、ふうと息をつきながら独り言ちる。

これまで他人に対して羨望という感情を抱いたことはなかったが、今は愛する人を妻にしたと言ってはばからない後輩が率直にうらやましい。

「未来はウエディングドレスも白無垢もどちらも似合うだろうな」

彼女の隣に立つのは自分だと和輝は決めていた。

未来の母と和輝の母は同郷の親友で、お互いの家を何度も行き来していた。和輝はひとりっ子で兄弟がいなかったので、未来を妹のようにかわいく思っていたし、未来も素直に慕ってくれた。

しかし、和輝が中学に入学した直後、母が病に倒れた。難治性の血液の病気だった。

入退院を繰り返していた母が屋敷に戻ってくると、未来の母は娘を連れてよく猪瀬家を訪問した。

〝かずきおにいちゃん〟から〝かずくん〟へと呼び方が変わったのは、母が自分をそう呼んでいたのを未来が真似したからだ。

初めて〝かずくん〟と呼んだときの彼女の得意げな顔は愛らしかった。

母も彼女たちに会うと表情が明るくなり、父も祖母もうれしそうだった。もちろん和輝も。

園田母娘の存在は、猪瀬家にとってなくてはならない存在になっていた。

懸命な治療も空しく母が亡くなったのは、和輝が中学二年のときだ。

未来が『かずくんのママにたべさせる！』と柿の木に登ったあのとき、すでに母の余命は宣告されていたのだ。

優しく笑う誰からも好かれる人だった。和輝にも愛情を惜しげなく注いでくれた。

妻を深く愛していた父の様子は息子から見ても痛ましいものだった。祖母も立っているのがやっとの状況だった。

周囲の大人たちが涙に沈む葬儀の中、和輝はじっと耐えた。

ここで自分が泣いたりしたら周りに気を使わせる。猪瀬の長男として立派に母を送り出す。もともと気持ちが顔に出るタイプではないから大丈夫だと、必死に感情に蓋をして立ち続けた。

出棺が近づいたときだった。

足もとに小さな衝撃を感じ、見ると未来がしがみつき、泣きそうな顔でこちらを見上げていた。

『かずくん、かなしいの？　みく、かずくんにわらってほしいの。どうしたらいい？あのね、みく、おおきくなったらかずくんの……かずくんのおかあさんになってあげるから！』

その的はずれな言葉と必死な様子がかわいらしかった。普通〝大きくなったらお嫁さんになってあげる〟ではないのかとつい笑ってしまった。

きっと未来は幼いながらに和輝が母を亡くしたことを理解し、自分がお母さんになれば和輝が元気になると思ったのだろう。

『大丈夫だよ、ありがとう』

笑顔を見せたつもりだったのに、自分を見つめる彼女の顔が見る見る驚いたものに変わっていく。

そのとき、和輝は自分の頬が濡れていることに気がついた。

今まで張りつめていた心に未来の素直な言葉が小さな穴をあけ、そこから一気に悲しみの感情が涙となってあふれ出したのだ。

『うっ……お母さんっ……』

父に肩を抱かれ、祖母に手を握られながら和輝は涙を流し続けた。人前で泣いたのは後にも先にもあのときだけだ。

感情を恥ずかしげもなくあらわにした。でもそれによって母の死を自分事として初めて感じ、決してなくならない悲しみを家族とも分かち合えた気がした。

大人になってから父に謝られた。

『あのとき、私は自分のつらさだけに囚われ、和輝が大人に気を使って無理やり感情に蓋をしていたのも気づかなかった。お前の悲しみに気づいて、正しく悲しませてくれたのは幼い未来ちゃんだけだった……。親として申し訳なかった』

(自分より他人の気持ちに必死に寄り添おうとする性格は、幼い頃から変わっていないな)

母亡き後も、園田親子は定期的に猪瀬家を訪れてくれた。とくに祖母が会いたがったのだ。

いつも呼びつけて申し訳ないと謝ると、未来の母は『家は主人の仕事が忙しくて、未来とふたりでいる方が多いんです。だから、呼んでいただけると未来も喜ぶし、むしろこちらが助かっています』と笑ってくれた。

未来も成長するに伴い、幼児のときのように和輝にべったりしなくなったが、会えば明るく笑い慕ってくれる。

和輝にとって未来はかわいい妹そのものだった。

どうかそのまま陽だまりに咲く花のように幸せでいてほしい。そう思っていたのに、現実は残酷だった。

未来の母が不慮の事故に遭い亡くなったのは、未来が中学二年のとき。和輝が母を亡くした年齢と同じだ。

神がいるのなら呪いたい気持ちになった。

あまりに突然の不幸に未来の父が茫然自失する中、和輝の父が全面的にサポートし葬儀を済ませた。

未来は葬儀の間、ただ静かに涙を流していた。和輝はただ未来のそばに寄り添い続けた。そうすることしかできなかった。

その後、名古屋研究所に長期出張していた未来の父が東京に戻り、父と娘で暮らし始めたと聞いて安心していた。

それからしばらく経った未来の十五歳の誕生日。

入社一年目の和輝は仕事終わりに、父と祖母から預かった誕生日プレゼントと、自ら調達した彼女の好きな洋菓子を持って園田家のマンションに向かった。

もしかしたら父親と食事にでも出かけているかもしれないと思っていたのだが、携帯に連絡すると家にいるから大丈夫だという。

家で祝っているのなら、邪魔にならないようプレゼントを渡したらすぐに帰ろうと思いつつ部屋を訪ねると、未来はひとりで父親は不在だった。

『和くんわざわざありがとう！』

笑顔で迎えてくれる未来に、思わず訝しげな声が出た。

『おじさんは？』

『お父さんは今日も仕事なんだ』

なんでもないように笑う未来。ひとりで夕食を終えたところだったようだ。

ダイニングで出されたお茶を飲みながら、和輝の心に怒りが湧き上がった。

今日は彼女にとって母親が亡くなって初めての誕生日だ。去年まで一緒に祝ってくれた母を亡くした現実を、否が応でも突きつけられるはずだ。

いくら仕事とはいえひとりにしていいのか。こんなことなら家に呼べばよかったと。

すると、リビングの電話が着信し音を立てた。

その瞬間、笑顔だった未来がビクッと大きく肩を揺らし顔色をなくす。

『未来?』

和輝がかけた声に未来ははっと我に返った様子だった。立ち上がり受話器に手を伸ばす。しかしその手は震えていた。

そのとき和輝は気がついた。

未来の母が事故に遭った日、搬送された病院から電話を受けたのは未来だ。

彼女はひとりでこの部屋にいたはずだ。衝撃はどれほどだったろう。

彼女は父親に連絡し、ひとり病院に駆けつけ……しかし、間に合わなかった。

一瞬で彼女の幸せを奪った無機質な電話の音も、受話器を上げるという行為も当時の状況をフラッシュバックさせてしまうに違いない。

(電話が鳴るたびに、今みたいにおびえているのか? この家で……ひとりで)

そう思うと和輝の胸はつぶれそうになった。

電話の相手は彼女の親戚だった。

『実はね、お父さん名古屋研究所への赴任が正式に決まって。それで、私は青森の遠縁の家に行くの。今の電話はそのおうちの奥さん。引っ越す日程をお父さんに相談したかったみたい』

『青森？　なぜだ。おじさんと一緒に名古屋に行かないのか』

『一緒に行ったとしても、お父さんが忙しいのは変わらないし、親戚と暮らした方がいいみたい。それに……私がいるとお父さんの邪魔になっちゃうから』

あきらめたように力なく笑う未来。心を凍らせ、顔だけで笑っているのがわかった。

たしかに不在がちの父親と暮らしてひとりになるより、親戚の家の方が安心かもしれない。しかし未来はその親戚に会ったのは母の葬式のときだけだというし、青森に行ったこともないという。

（不安定な状態の未来を、ひとり遠い土地に行かせていいのか？）

気づいたら『猪瀬家《うち》に来ないか？』という言葉を口にしていた。

『未来は行きたい高校があると勉強をがんばっていただろう。あそこは家から近い。部屋はいくらでもあるし、なにより君が来てくれたら父さんと美津子さんが喜ぶ』

他人が出しゃばってはいけないのかもしれない。

しかし、和輝はこのまま未来を遠くにやったら自分が後悔すると思った。

彼女が了承するなら、和輝は未来の父を説得するつもりでいた。

最初は驚き遠慮した未来も、結局『もし、そうできたらうれしい』と受け入れた。

その後の和輝の動きは早かった。

事情を話すと父と祖母は一も二もなく了承し、父自ら未来の父に正式に話を通して彼女は猪瀬家で暮らすことになった。

未来が猪瀬家に引っ越してきた日、和輝は彼女の頭をなでて言った。

『今日から俺を本当の兄だと思って頼ってくれればいいし、いくらでもわがままを言っていいから』

この先、君の誕生日は俺が祝う。あんな寂しい誕生日にはさせない。もう、ひとりにはしない。

妹のように愛らしく、大事なこの子が幸せになるのを近くで見守っていく。心からそう思っていた。

未来は希望の高校に無事入学し、少しずつ笑顔を取り戻していった。

父も祖母も、明るく素直な未来を本当の娘や孫のようにかわいがっていた。

自分も『和くんおつかれさま』と未来に笑いかけられると、残業が続いていても、弾丸日程の出張帰りでも疲労が吹き飛ぶから不思議だった。

未来の存在が、和輝にとってもあたり前の日常になっていった。

この生活がずっと続く。そのはずだった。

「なにが本当の兄だ。当時の俺が今の状況を知ったら愕然とするだろうな」

執務椅子の背もたれに背中をあずけながら和輝は自嘲した。

妹のように大事な未来の初めてを奪った上に、強引に結婚に持ち込もうとしているのは誰だと。

そのとき、部屋のドアが開かれ和輝の思考は止まった。

ノックもせずに副社長室に入ってくる人間は、この会社ではひとりしかいない。

「失礼するよ」

「社長、急にどうかされましたか？　打ち合わせの予定はなかったはずですが」

「急にすまないね、相談したくてね」

父、猪瀬貴久は応接セットのソファーに座る。

声をかけておいたのか、秘書がコーヒーを準備し、応接テーブルの上にふたつ置いて頭を下げて部屋から出ていく。

父はたまに忙しさから逃れるようにこうして副社長室にやってくる。

おそらく休憩メインだなと思いつつ、和輝も貴久の斜め前に座る。

「日比野楽器の本社オフィスの件、向こうの社長から正式に依頼をもらった。あとは君に引き継いでいいか？」

「はい、かまいません。僕の方で対応します」

貴久の言葉に和輝はうなずいた。

日比野楽器は日本有数の楽器メーカーで、全国に楽器店や音楽教室を展開する大企業である。

このたび、銀座《ぎんざ》にある本社を渋谷《しぶや》に建設中の新しいビル内へと移転させることが決まり、そのオフィス環境構築をすべてイノセが担う予定だ。

世界的にも知名度の高い日比野楽器の新しいオフィス。先方の社長からは自社の特色を出し、内外にアピールできる最新の環境にしたいと要望されている。イノセにとっても格好のビジネスチャンスとなる。

「近いうちに日比野社長と加奈さんが、新オフィスの参考にするためにうちを見学されるそうだ。私もフォローするが案内を頼むよ」

加奈、という名前に和輝は反応する。

「加奈さんも、ですか。たしか彼女はドイツで活動しているはずでは？」

「それが、戻ってくるらしい。今回は御父上のサポートに入ると聞いているよ。まあ、ちょっと気まずい話もあったが、五年も前だ。君らが旧知の仲だということは変わらないから、かえってやりやすいかもしれない」

日比野加奈は日比野楽器の現社長の娘で、今はヨーロッパで活動するフルート奏者だ。同じ高校の後輩なので面識もある。

「そうですね。承知しました」

ひとしきり仕事の話を終えると貴久はソファーに深く腰掛け直し、口調を崩す。

「和輝は最近うちに帰ってこないと母さんが拗ねていたぞ」

息抜きという名の本題が始まったようだ。

たしかに未来と暮らし始めてから、和輝は一度も猪瀬の屋敷に戻っていない。

祖母の様子はこうして父に聞いているし、定期的に執事の井部に電話して確認している。

それに未来が話していたように祖母が自分に見合いをさせようとしているなら、顔を合わせない方がいいだろう。祖母に変に食い下がられると面倒だ。

(見合いか。正直、美津子さんがそんなふうに考えるとは思えないんだがな)

「おかげさまで忙しいんですよ。なんせ面倒な案件をどんどん振ってくる社長の下で働いていますから」

仕事の話でないのなら、と和輝も口調を父親に対するものへと切り替える。

貴久は「私が君に仕事を振るのは今始まったことではないがな」と苦笑している。

忙しいのは事実だが、未来がマンションにいるのに彼女がいない実家に戻る気にならない。

「あまりへそを曲げる前に帰ってやってくれ。それに未来ちゃんも来ていない。あの子もそんなに忙しいのか？」

「国内営業も最近売り上げが好調だから、事務処理が追いつかないのかもしれないでね」

彼女の仕事はそれなりに忙しいが、時間がつくれないわけではない。知っていながら和輝はうそぶいた。

（未来は今の状況を美津子さんや親父に知られるのをやけに避けようとしているから、顔を出しづらいんだろうな）

「そうか。残業ばかりだと心配になるな。なんせひとり暮らしだろう。職場がブラックなんじゃないか」

「その会社のトップが言いますか。大丈夫です。彼女の就業環境に問題ないことは常にチェックしてますから」

心配し始める父に和輝はあきれる。

未来が二十歳を過ぎてすぐに家を出てからも、父は未来を常に気にかけている。

彼女から会社では猪瀬とのつながりを伏せてほしいと言われている手前、贔屓《ひいき》するわけにもいかないが、心配でしょうがないのだ。

（……未来、君はわかってない。猪瀬の人間《うち》がどれだけ君を大切に思っているか）

そして誰よりも俺が君を求めていることを。

未来は妹で守るべき存在。余計な感情は持っていないつもりだった。

それに不純物が混じっていると気づいたのは些細なきっかけだった。

未来が高校の卒業式を終えた日の夜、猪瀬家の広いリビングにふたり並び座りながらスマートフォンを手にした彼女に写真を見せてもらったときだった。

制服の胸に花をつけた未来。交友関係が広く、チアリーディング部だった彼女は教室や中庭、校門などでさまざまな友達と多くの写真に納まっていた。

微笑ましく見ていた和輝は、特定の男子生徒が未来と一緒に写真に写り込んでいる枚数がやけに多いと気づいた。

男性離れした線の細さを持つ美少年だ。

どの写真も距離が近い。まるで女友達のように肩を寄せているものもある。

『……彼とは仲がいいのか？』

指さしながらさりげなく尋ねると、未来は『うん、一番の友達なんだ』と屈託なく笑った。

『彼、手先も器用だしセンスがよくてね。美容系の専門学校に進むんだよ』という未来の話に相づちを打ちながら、和輝は『実は彼氏なの』と言われなくてよかったと安堵している自分に気づいた。

(未来はかわいいし、性格もいいんだから、いつ恋人ができてもおかしくない。今までいなかったのがおかしいくらいだ)

そう考えながら、改めて未来が〝友達〟と映る写真を見てみる。すると、胸がチリッと焦げるような痛みを感じた。

そっと横顔を盗み見る。そこには長いまつ毛を伏せてスマートフォンに視線を落とすひとりの女性がいた。

一度気づいた不純な感情は瞬く間に存在を主張し始める。

制服を脱いで大学に通い始めた未来が、やけにまぶしく映るようになった。

学校の様子を聞くたび、男の影がないか探ってしまう。なにより笑顔を見るたび、その頬に触れてそのまま華奢な体を抱きしめたくなる衝動を覚える。

和輝は認めざるをえなくなった。自分は男として未来を愛していると。

しかし未来は、以前と同じように真っすぐに慕ってくれている。

兄の顔をしてきた自分が〝男〟に豹変したら、彼女を戸惑わせるだけだ。今の穏やかな関係はたちまち崩れ、未来はこの家にいづらくなるに違いない。

彼女を守ろうと決めたこの手で、彼女を傷つけ居場所を奪うことだけはできない。

和輝は屋敷を出てひとり暮らしを始めた。

表向きには日々増える業務量を理由に、会社に近い御茶ノ水のマンションを購入したが、本当は未来のそばにいない方がいいと考えたからだ。

距離を置いて仕事に邁進すれば、未来への気持ちが以前と同じものに戻ると思った。

それからは未来とふたりきりになるのは彼女の誕生日のときだけにした。

そんなある日、未来の二十歳の誕生日の少し前、彼女の姿を偶然見かけた。

社外での打ち合わせを終え戻るタクシーの中、信号待ちのタイミングだった。

道路脇の歩道に未来が立っていた。大学の帰りだろうか、大きめのトートバッグを肩から下げている。

そして、彼女の隣には若い男が並んでいた。

明るい色の髪をうしろで結んでいるためずいぶん印象は変わっているが、綺麗な顔立ちは卒業式の写真に納まっていた未来の〝一番の友達〟だ。

赤信号で止まっている間、思わず彼らの様子を目で追う。すると、男は未来の頬を指で触り顔を近づけてからかうように笑った。なにを話しているかはわからないが、未来は頬を染め恥ずかしそうな顔をしている。ふたりはかなり親密な関係に見えた。

（高校から仲のよかった友達と付き合い始めるのはない話じゃない……よかったじゃないか。未来も楽しそうだ）

赤信号が青に変わり走り出したタクシーの中で、和輝は未来の幸せのために、自分の手の届かない存在になっても笑って受け入れようと言い聞かせていた。

しかし、その後の誕生日に未来にそれとなく恋人の存在を確認しても『恋人なんていないよ』と否定された。

〝兄〟のような存在の和輝には言い出しにくいのかもしれないと『これからは相手ができたらすぐに報告しろよ』と笑ってみせた。すると未来は苦笑しつつ『うん、わかった。できたらまず和くんに言うから』と答えた。

（あの男は、友達だったのか。よかった、と安心したのは未来への気持ちがまだ残ってしまっているからだ）

そうこうしているうちに突然、未来が猪瀬家から出てひとり暮らしをすることになった。本人の強い意志だ。

『二十歳になったから、ちゃんとひとり立ちしなきゃと思って。本当はもっと早く出ていかなきゃいけなかったんだけど、ずっと甘え続けてごめんなさい』

父も祖母も寂しがったが、引き留められなかった。他人である自分たちに彼女を猪瀬家に縛りつける権利はないとわかっていたから。

(イノセにも実力で入社して、仕事にも真剣に取り組み、パソコンスキルや商品知識もしっかり身に着けている。職場での評価も高い。俺が守らずとも、未来は自分の足で歩き始めている)

一方自分は、顔を見たい一心で未来の屋敷の訪問に合わせて実家に戻るようになり、ふたりきりになりたくて車で彼女をアパートまで送るようになった。

助手席に座る未来のかわいらしい横顔を見ながら、このまま自分のマンションまで連れ帰ってしまいたいと半ば本気で考えたりした。

(自分で距離を取ろうとしたくせに、情けない話だな。結局、どうあがいても未来への想いを消すなんてできなかったというわけだ)

和輝は未来の二十五歳の誕生日に、自分を男として見てほしいと伝えると決めた。

無理強いはしないし時間がかかってもかまわない。少しずつ自分を意識してもらいたい。その先で彼女が受け入れてくれるのなら、いつかは生涯のパートナーになってほしい。

だからやたらと結婚をせっつくようになった祖母に、相手は未来とは言わずに『いつかは結婚するつもりだ』と伝えたのだ。

今のところ祖母から見合いの話はされていない。代わりに、未来に教わったアプリを使ってメッセージが届いたのは、未来の誕生日の少し前だった。

【好き】【片想】【学生のとき】

単語の羅列に、祖母が昔の自分の恋愛話でも送ってきたのかとあきれていると、その後に【未来ちゃん】と続いたものだから、スマートフォンを持つ手が固まった。

その場で祖母に電話をすると『あらあら、ごめんなさいね。練習であなたにメッセージ送っててまだ途中だったの。慣れなくてうまくボタンが打てなくてね』とのんびりとした口調で謝った後『未来ちゃん、学生のときから片想いしている人がいるんですって。一途よねぇ』と楽しそうに話していた。

仕事中の孫相手に練習しないでほしいと思いつつ、未来が想いを寄せる男がいるという事実は和輝にとって重いものだった。

学生のときからということは、やはり相手は以前見かけた〝友達〟かもしれない。

最近会社で見かける未来がやけに大人びた雰囲気なのは、そいつの好みに合わせようとしているのか。そう思うと胸にジリッとした痛みを感じた。

しかし、片想いなら自分に振り向かせればいい。未来への想いをごまかさないと決めた和輝の気持ちは揺るがなかった。

そして迎えた未来の二十五歳の誕生日。

あの日は初めから未来の様子が普段とは違っていた。ラウンジで待っていた彼女を見て、和輝は息をのんだ。

緩くハーフアップされた艶やかな髪、透明感のある白い肌を生かした華やかだが上品なメイク。

首のうしろにリボンのついたモスブルーのワンピースは、今まで見たことがないような大人びたもの。

とても似合っていたが、スカート丈が短く膝から下の彼女の綺麗な脚のラインをさらしていた。

急いで彼女を連れてラウンジを出たのは、魅力的な姿をほかの男に見せたくないという狭量さからだった。

初めは表情の硬かった未来も、乾杯し食事が進むうちにいつもの砕けた様子になっていった。

食事の後、あらかじめ手配しておいたバーに誘い、彼女をイメージしてオーダーしておいた花束を渡した。

メインにしたピンクのバラに〝愛しています〟という意味があるなんて気づいた様子もなく、未来は喜んで受け取ってくれた。

いつもより酔っている未来に自分の想いをどのタイミングで切り出すか思案する。

だが、柄にもなく緊張していた和輝に向かって、未来は誕生日を祝うのは今年で最後にしたいと言い出した。

『いくら子どもの頃からの付き合いで家族みたいだとしても、本当の兄妹でもないのにいつまでもふたりきりで祝ってもらうなんて、おかしいもの』

(なぜ急にそんなことを？　来年の誕生日は俺以外の男と祝うつもりなのか)

しかし和輝の思考は未来のとんでもない言葉で強制的に停止させられた。

『私の初めてを、もらってほしいの』

いったいどうしたんだと思った。たとえ酔っていても、こんなことを軽々しく言う子ではないはず。

和輝の否定の言葉を遮るように未来は続けた。

『実は私すごい好きな人がいたんだけど、片想いでつい最近失恋しちゃったの。でもこれから前向きに恋愛はしたいと思ってて。でも、恥ずかしながら、今までそういう経験がまったくなくて。ほらもう二十五歳だし？　なにも知らないっていうのはこの先男の人と付き合うにしてもハードルが上がっちゃう気がして。その点和くんは誰よりも信頼できるから……和くんに教えてほしい』

よほど失恋がつらかったのだろう。自暴自棄になっている可能性が高い。本当ならそんな考えを持ったらいけないと諭すべきだ。

しかしこのとき、和輝の中にドロリとした醜い感情が生まれた。

（失恋したけどこれからも前向きに恋愛したい、ね。彼女らしい考え方だ。それで、俺は次の〝お相手〟のための信頼できる〝練習相手〟になるってわけか）

和輝に抱かれた後、未来は『面倒なことを頼んでごめんね、ありがとう』と言って、躊躇なく次の恋へと向かっていくのだろう。

そう考えた瞬間、和輝の中で長年抑えていたなにかが音もなく弾けた気がした。

『じゃあ、望み通り教えてやるよ。忘れられないようなのを』

衝動に任せて奪った未来の唇。その甘さとやわらかさに一度触れたら止められなくなった。

和輝はホテルのスイートルームに彼女を誘った。自分でも驚くくらいの手際のよさだった。

ベッドで組み敷いた未来が躊躇しているのはわかっていた。

華奢な肩とはだけた白い胸もとを見下ろしつつ、焼き切れる寸前の理性で最後の〝覚悟〟を尋ねた。どうか拒まないでくれと心の中で願いながら。

『和くんが嫌じゃなかったら……もらってください』

未来は真っすぐに自分を見て言った。そして健気にその身を預けてくれた。

――かわいい、愛しい、愛している。もう、俺のものだ。

くらくらしそうなほど強い想いに駆られながら、何度も唇を合わせ彼女の甘い肌に溺れた。

しかし翌朝、隣で眠る彼女の小さな背中を見て和輝は我に返った。

抱いたこと自体は後悔していない。しかし未来の失恋に付け込み、衝動的に進めてしまった事実は変わらない。

彼女の初めては、もっと幸せな気持ちで迎えさせてやるべきだった。だから声に出していた。

『――すまなかった』

彼女が起きたら、ちゃんと話をしようと思った。

こんな形になったが改めて自分と新しい関係を築かないか、と。しかし。

（顔を合わせづらいだろうなとは思っていたが、まさかシャワーを浴びている間に逃亡されるとは思わなかった）

【会社があるし先に家に帰ります。昨日のことは忘れてください！】

空っぽになったベッドを前に未来からのメッセージを読んだ和輝は、この上なく苦い笑いをこぼした。

『忘れてください、か。やはりそうきたか。あいにくだが未来、俺は本気で君を手に入れると決めたから』

忘れるなんてできないし、逃がすつもりもない。多少強引な手を使ってでも。

翌日、彼女の上司である課長の佐野と打ち合わせが入っていたのはたまたまだった。

未来と彼女の同期の尾形が話す声が聞こえてきて、和輝はミーティングブースの壁の隙間からさりげなく声のする方を見た。

尾形の様子や声色から未来に好意を持っているのはすぐわかった。ふたりの親しげな雰囲気に、和輝の胸がザラリと毛羽立つ。

（海営部長に無理を言ってまで尾形を異動させるんじゃなかったな）

普段の自分ではありえない考えに自嘲する。公私混同も甚だしいと。

尾形を異動させたのは、オフィス移転が急激に増えている国内事情に対応すべく国内法人営業部に若手の即戦力が必要と判断したからだ。

彼は期待通りの働きをしてくれていると聞く。だが未来とあんなに親しい関係とは知らなかった。

しかもふたりの間で〝婚活〟という不穏な単語が飛び出しているではないか。

（婚活？　冗談じゃない）

時間を置かない方がいいだろうとその日のうちに彼女の家を直接訪問したが、正解だった。まさか、次の日曜に引っ越すつもりだったとは。

引っ越し先に困っている事情を知った和輝は好機と捉え、一気に結婚に持ち込むことにした。

拒まれるのは想定内だったから、〝お試し結婚〟などと理由をつけて期限を区切り同居へのハードルを下げた。少々強引ではあったが、まずは物理的に確保できた。

未来は最初のうち幼なじみの距離を超えた和輝の態度に戸惑っていたが、最近はずいぶんと慣れてきたようだ。

ともに眠り、食事を取り、たわいのない話で笑う今の生活はとても穏やかで満たされている。

しかし尾形のように彼女に近づく男もいる。油断はできない。早く正式に結婚し妻にしてしまいたい。

未来を意識するまで結婚願望などなかった。父が大学で知り合った母に惚れ込んで猛アタックし、あっという間に学生結婚に持ち込んだという話も今ひとつ理解できないでいた。

「でも、今なら痛いほどわかるな……」

思わず言葉が漏れた。

「どうかしたか？」

目の前で父はくつろいだ様子でコーヒーを飲んでいる。やはりここで雑談しつつしっかり休憩を取るつもりでいるようだ。

（この人は押さえておくべきだな。軽く伝えておくか）

「父さん」

和輝は息子として父に切り出した。

「うん？」

「未来と結婚したいと思っています」

貴久は目をむくと同時に、ゲホゴホとコーヒーにむせた。

「は？　どういうことだ？」

「未来を妻にしたいという意味です。これから彼女に了承をもらう予定ですが、賛成してくれますよね」

落ち着いて話しながら和輝はハンカチを差し出そうとしたが、貴久は慌てた様子で自分のスーツのポケットからハンカチを出し、口もとを押える。

「ちょっと待て、和輝、いつの間にそんな話になってたんだ。ていうかお前未来ちゃんのこと」

「ひとりの女性として、誰よりも大事に思っています」

和輝の答えに一瞬呆けた顔になった貴久だが、すぐに表情を引きしめて硬い声を出した。

「いいか和輝。あの子は優しくて純粋なんだ。彼女のお母さんが亡くなった後、猪瀬に迎え入れたとき無邪気にふるまってくれていたのは、そうしないと私たちが心配すると考えていたからだ。でも彼女は私たちに必要以上に恩を感じているし、気を使っている」

「たしかに、そうですね」

未来が素直に甘えるふりをしていたのは気を使っているからで、決して図々しくならないように一線を引いていると和輝も感じていた。

「大丈夫？と聞いたら、大丈夫じゃないのに大丈夫と答えてしまうような子なんだ。そんな未来ちゃんに〝和輝のお嫁さんにならないか？〟なんて言ったら、それこそ気を使ってお嫁にこようとするかもしれないと思って冗談でも言えなかった」

「嫁にきたら困るんですか」

「困るわけないじゃないか。うれしいに決まってる！」

食い気味に言いきる貴久。

普段は大企業の社長として貫禄も落ち着きもある父だが、未来が関わると途端に様子がおかしくなるから困る。

「だが、未来ちゃんにはずっと片想いしている男がいるらしいぞ。あの子の気持ちを無視して強引に進めることは許さんからな」

和輝は黙ってコーヒーを飲み干した。返事をしない息子に貴久の顔が曇る。

「……和輝？　お前まさか、未来ちゃんになにか」

「社長、そろそろお戻りにならないと。次のご予定もあるでしょう」

和輝はすっと立ち上がり副社長室のドアを開け、外で待機していた貴久の秘書に声をかけた。

「社長の要件は済んだのでお連れしてくれ」

「ちょっと待て、和輝」

「大丈夫です社長。ここまで来たら引けませんから成果は上げますよ。ああそれと、近いうちに家に顔を出します」

社長は次の予定の時間が迫っているようだ。思いきりうしろ髪をひかれた様子で秘書に連行されていった。

「未来のお父さんならまだしも、親父に殴られるのは納得いかないからな」

さすがに失恋に付け込んで彼女の初めてを奪った上、マンションに連れ込みガッチリ囲い込んで結婚を迫っている最中だとは言えない。

(未来、あの夜は君にとっては終わりでも、俺にとっては始まりだったんだ。失恋相手なんて忘れるくらい愛するから、心もすべて俺にくれ)

和輝は未来の笑顔を思い浮かべながら、心の中でつぶやいた。

想いは沈めて

金曜の夜、和輝は会食があると聞いていたので、未来は先輩の桜衣と食事をしてから帰宅した。

「【無事につきました】っと」

ダイニングの椅子にバッグを置き、帰宅を伝えるメッセージを和輝に送ると、すぐに【了解、俺も家に向かっているところ】と返事がくる。

未来が和輝とこのマンションで暮らし始めてから、すでに一か月が過ぎた。こういうやりとりもあたり前になっている。

彼との生活は相変わらずだ。平日はお互い仕事に励み、週末はふたりで過ごす。未来が暮らし始めてから、和輝と別々の休日を過ごしたことはない。

未来の好みを把握している和輝は、連れ出す場所のチョイスもさすがだ。明日もドライブがてら、江《え》の島《しま》にある水族館に行こうと誘われている。

（私が小さい頃から海や水族館が好きだからだよね。和くん、最初無理しているんじゃないかと思うくらい優しかったけど、いまだに変わらないし、むしろ糖度は上

がっている気がする）

和輝とともに暮らす毎日はドキドキするのに、優しく守られている安心感がある。なんとか抗おうとしているものの、大人の彼の余裕に太刀打《たちう》ちできないのは日が経つほどに実感している。

手を洗いリビングに戻ってくると、テーブルに置いていたスマートフォンが着信し振動した。

「和くんかな？」

画面を見た未来は表示された相手に驚き、すぐ手に取り通話ボタンをタップした。

それから十五分後。ドアが開く音に、未来は慌てて玄関に向かう。

「和くん！」

「ただいま、未来。どうかしたか？」

勢いよく駆け寄った未来に和輝は驚いた顔をした。

「和くんどうしよう。さっきお父さんが明日こっちに来るから少し会えないかって電話があったの」

「明日？」

「十一時には東京駅に着くらしくて、とりあえず八重洲北口《やえすきたぐち》で待ち合わせすることにも来るつもりみたいで」

父には引っ越しをやめたとは伝えただけで、ここで和輝と同居しているとは伝えていない。だから未来はもとのアパートに住み続けていると思っているのだ。

焦る未来に対して和輝は落ち着いていた。

「まあ俺は別に、君がここで俺と暮らしていると知られてもかまわないんだが」

「私はそういうわけにはいかないんです」

「なら、東京駅の近くでふたりで食事でもしながら話したらどうだ？　その方がお父さんも効率的に移動できる」

「あ、たしかに」

急な話で動揺してしまったが、東京駅まで迎えに行くのならそのままどこかの店で過ごせばいいのだ。

（よく考えてみたら、外で食事しても不自然じゃないし、お父さんが私のこと根掘り葉掘り聞いてくるとは思えないよね。前のアパートに住み続けている体で話をしてお

けばいい)

「さすが和くん、そうするね！」

未来がホッとした笑顔を向けると、和輝は大きな手で優しく頭をなでてくれた。

翌日、予定通り東京駅で父と待ち合わせした未来は、ふたりで日本橋《にほんばし》にあるビルに入る上品な雰囲気の和食レストランを訪れた。

通された個室のテーブル席に着きつつ父が口を開く。

「未来、急にすまなかった。しかもこんなにいい店まで予約してもらって」

「ううん。大丈夫だよ。ほら、アパートに来てもらうより効率的かなと思ったから」

(予約してくれたのは和くんだけどね……)

昨日未来と話した後、和輝がオーナーに電話して個室を押えてくれた。なんでも仕事の会食によく使う店らしく、顔がきくそうだ。

落ち着いていながら仰々しくない雰囲気は、カジュアルな会食、そしてぎこちない関係の父娘の食事の場に合っている。

父と会うのは去年のお盆以来、約一年弱ぶりだ。

細い体つきで猫背気味、度のきつい眼鏡をかけた父は硬い顔をしているが、前に会ったときより顔色はいいし、服装もきちんとしている。父と一緒に暮らしている女性が世話を焼いてくれているのだろう。

ふたりとも休日ランチ限定メニューのミニ懐石料理を注文した。

「でもたしかに急だからびっくりしちゃった。引っ越しに向けた下見なんだよね。その、彼女さんはつれてこなかったの？　そのうち会わせてもらえるのかな」

食事に箸を伸ばしながら会話を弾ませようと明るく言ったものの、父はなぜか思いつめた顔になった。

「お父さん？」

「未来、すまなかった」

「え？」

「未来は……父さんを恨んでいるだろう？」

思いがけない言葉に驚いていると、堰を切ったように父が話しだした。

「わかってたんだ。父さんは昔からお母さんや未来に寂しい思いをさせていた。家庭も、お母さんに任せきりで父親の役割なんてなにもできなかった。それに……」

一度言葉を切った父は、苦渋の表情を浮かべた。

「お母さんが事故に遭ったのも、父さんのせいだ」

「そんなこと……！」

慌てて否定しようとしたのに、未来は言葉に詰まる。

母は過労で倒れた父のもとへ向かう途中の事故で亡くなった。もちろんそれを父のせいとは言えない。

（でも私、お父さんのせいだってまったく思わなかった？）

母が亡くなったとき、事故に遭うと知っていたら父のもとに向かわせなかったのに、もうちょっとゆっくり母と話をしてから送り出していたら、時間がずれていたらと何度も想像して、心が張り裂けそうになった。

その中で〝お父さんが過労で倒れなければ〟と考えなかっただろうか。

未来は初めて気づいた。

父は未来の気持ちを感じ取り、自分のせいで娘は母親を亡くしたと負い目を持って過ごしてきたのではないだろうか。

「未来にどう接していいかわからなかった。だからってさらに仕事に没頭したんだから本末転倒だ。あのときまだ中学生だった未来が、不在がちな父さんといるより青森で暮らした方が安心だと思ったのは本心だ。結局猪瀬さんのご厚意でお世話になったけれど、父親としてちゃんと向き合うべきだったし話をすべきだった。……今さらだが、すまなかった」

「お父さん……」

(口下手なお父さんが、こんなに真正面から私に自分の気持ちを話してくれるなんて)

未来もずっと胸の奥に沈めていた本音をこぼす。

「……お父さんに青森に行くように言われたとき、棄てられたような気持ちになったの。私は邪魔なんだって」

「ああ、そう思われても仕方ない。でも未来が邪魔なんて一度も思っていない。それだけは信じてほしい」

「寂しかったし、つらかった。……でも、お父さんもつらかったのも、わかる」

いつしか未来の声は涙に震えていた。

(私、ずっとこうやってお父さんと話したかったんだ)

親子なのにこんな簡単なやりとりを一度もしてこなかったなんて。でも大人になった今だからこそ、理解できる気持ちもある。

とてつもなく不器用な父は、妻を失った悲しみの中で娘への向き合い方を少し間違ってしまったのだ。決して愛情がなかったわけではない。

心の中で、父に対するわだかまりが緩く解かれていくのを未来は感じた。

「私、お父さんが再婚するって聞いたときに、本当は心から喜べてなかったの。ごめんなさい」

「当然だ。彼女も未来の気持ちを無視して結婚する必要はないと言ってくれている」

「ううん、お父さんの本音が聞けたからもう十分。それに二十五歳の娘に気を使われてもかえって困っちゃうよ」

涙をごまかすように未来はわざとおどける。

「私、立派に育ったでしょ。でもお父さんのおかげでもあるんだよ。だって、お金に不自由しなかったし、大学まで行かせてもらえた。感謝してる……ありがとう。それにお母さんずっと言ってたよ。『お父さんは病気で苦しむ人のためにがんばってお薬を作ってくれているのよ』って」

きっと、父が打ち込んだ研究で救われた人もたくさんいるはずだ。母はそんな父を尊敬していた。

「……たしかに、本当に立派に育ってくれたな」

父の目尻にも涙が光っている。

「個室でよかったね」と未来はハンカチで涙を拭いた。

少し気恥ずかしい雰囲気から気を取り直して食事を進めていると、父は思いがけないことを口に出した。

「情けない話だが、今日未来ときちんと話すきっかけをくれたのは和輝くんなんだ」

「え？」

デザートで出された抹茶アイスのスプーンを持ったまま、未来は固まった。

「和くんって、どういうこと？」

「少し前に出張帰りに寄っていいかと連絡があって、研究所《しょくば》に来てくれたんだ。世間話の後に『再婚されるとうかがいました。その前に一度、未来と顔を合わせてお父さんの気持ちを話してみたらいかがでしょうか』と諭されたんだよ」

「……知らなかった」

父の話から推測すると、同居して二週間目に日帰りで行った大阪出張のタイミングだろう。そのとき名古屋に寄ったと思われる。

（和くん、わざわざお父さんのところに行ってくれてたんだ）

「和輝くんに『未来が気を使うでしょうから、僕がここに来たとは言わないでください』と口止めされてたからね」

まあ、言ってしまったけど、と父は苦笑し続けた。

「未来は彼とお付き合いしているのか？」

「なっ……え？」

動揺で持っていたスプーンとアイスの入ったガラスの器が派手に接触し、カチャンと音を立てた。

未来の様子に父は首をかしげる。

「いや、和輝くんは昔から未来をずいぶん大事にしてくれてはいたけれど、ああして来てくれたことも驚いたし、未来の話をする彼の表情はとても優しかった。もしかしたらそうなのかなって思ったんだが」

「え、和くん私のなにを話したの？」

「会社で営業事務をがんばっていて職場の人に慕われているとか、猪瀬家では相変わらず人気で、みんな未来が来るのを楽しみにしているという内容だったな」

（一瞬、一緒に住んでいるって話しちゃったのかと思ったけど、そんなわけないか）

それにしても和輝が父に話した内容もこそばゆいものがある。

「それで、交際してるのかい？」

「えっと、その……」

（どうしよう、お父さん思ったより突っ込んで聞いてくる。交際……というか、一緒に暮らしてなぜか結婚を迫られてますなんて言うわけにもいかないし）

さらにそれに至るいきさつなど、父親に話せるものではない。

未来が言いよどんでいるのを照れていると思ったのか、父は笑顔になった。

「父さんは反対しないよ。偉そうに言えた口ではないけれど、未来には幸せになってほしい」

「お父さん……」

父はしっかり誤解しているのをわかっていながら、未来は結局肯定も否定もできなかった。

東京駅で父と別れた後、和輝にメッセージを送ると【今、東京駅近くのホテルのカフェで仕事をしてる。もう終わるから今日は近場の水族館に行こう】と返信がきた。

たしかに午後二時を過ぎているから、今から江の島までドライブには遅い気もする。

未来は和輝に指定された場所に向かった。ラグジュアリーで有名なこのホテルは丸《まる》の内《うち》の一等地にあり、名前は知っていたが足を踏み入れるのは初めてだ。

少し緊張しながらエントランスに入る。モダンでスタイリッシュな空間に息をのみつつロビーに進んだ。

するとちょうどカフェから出てきた和輝の姿が見えた。

（イケメンオーラが抑えきれていないから遠目からでもすぐにわかる……）

洗練された空間であっても、彼の周りだけは空気の色が違って見えた。

定番の白Tシャツにすっきりとしたラインのブラックのテーパードパンツ、さらりと羽織っているネイビーの半そでサマージャケットがオーバーサイズなのはあえてなのだろう。若々しくて似合っている。

周りの人たちが思わず和輝を目で追っているのがわかった。

未来を見つけた和輝は、脇目もふらずこちらに歩み寄り表情を和らげる。

「来てもらってすまない。お父さん元気だったか？」

和輝に会ったらすぐに父に会いに行ったことを聞くつもりでいたが、こちらに向ける眼差《まなざ》しと声が優しすぎてなぜか言い出せない。

「……うん、元気だったよ」

「そうか、よかった」

「お父さん、これから昔住んでたマンションに行くって。でもあのマンションには住まずに違う場所を借りるみたい」

家族で住んでいたマンションは新しい家が決まるまでの仮住まいに過ぎず、再婚相手とは住まないそうだ。

てっきりあのマンションで新しく所帯を持つと思っていたが『父さんもそこまで無

神経ではないよ。未来が許してくれたら新しい家を見つけて、その後彼女を呼んで引っ越して住むつもりだった』と父は苦笑していた。

父なりに亡き母と未来の気持ちを慮ってくれていたのだ。

「私、お父さんを勝手に誤解してたみたい」

「お父さん、少し不器用なところがあるからな。よし、行こうか。車は地下駐車場に停めてある」

和輝は未来の背中にそっと手を添えて促した。

ふたりが訪れたのは、東京のシンボルタワーのふもとにある水族館だった。

都市型の施設なので広くはないが、趣向を凝らした展示方法が楽しい。

クラゲがゆらゆら揺れる水槽や、マゼランペンギンのかわいらしい仕草を間近で見られて、生き物好きの未来のテンションは上がる。

「和くん見て！　チンアナゴがいっぱいいる」

未来はある展示の前で釘付けになった。砂の中からたくさんのチンアナゴが気まぐれに顔を出したり、引っ込んだりしている。

「〝キモかわいい〟と話題になったらしいが、たしかに長細い生き物がここまでいっぱいいると、そう言われているのがわかる気がするな」

和輝も興味深げに明るい水槽の中を眺める。

「えー、普通にかわいいのに」

「君ならそう言うと思ったよ。小さい頃から生き物はなんでも好きで、うちの庭で『トカゲを捕まえる』って聞かなかったからな」

「わあ、覚えてないけどやってそう」

「俺はそれに無理やり付き合わされた」

「あはは、ごめんね」

未来は和輝と顔を合わせて小さく笑った。

ひとしきり館内を見て回った後、メインである大水槽前のベンチにふたりで並んで腰掛けた。

周囲の照明は落とされており、ほの暗い。

「わぁ、綺麗、海の中にいるみたい」

思わず感嘆の声が漏れる。

優しく揺れる光のもと、ゆったりと泳ぐ大小の魚たちを見ていると、自分も深い海の中で一緒に泳いでいるような気持ちになる。

「本当だな。癒やされる」

隣から聞こえる和輝の低い声を心地よく感じながら、未来は切り出した。

「和くん、お父さんに会って私と話すように言ってくれたんだってね」

「……お父さんに聞いたのか」

「うん、私が気を使うから言わないでほしいって言ってたんでしょ？」

和輝は「そうか」とため息交じりに声を落としてから続けた。

「出張のついでに寄らせてもらったときに、たまたまそういう話になっただけだ」

父の研究所は名古屋駅から離れており、交通の便もあまりよくない。大阪で仕事をした帰りについでに寄るような場所ではない。きっとタクシーを飛ばしてくれたのだろう。

(和くんはわざわざ時間をつくってお父さんに会いに行ってくれたんだ……きっと、私のために)

和輝は長年にわたる自分たち親子のわだかまり、そして未来の置き去りになっていた気持ちを知っていた上で動いてくれたのだろう。

「ありがとう。お父さんと話せてよかった。話さなきゃわからないこと、いっぱいあったから」

和輝に視線向けて感謝を伝える。

「よかったな」

短い言葉とともに、膝に置いた未来の両手の上に和輝の大きな手のひらが重なる。

温かさとともに未来へのいたわりの気持ちが伝わってくる。

そっと彼の横顔をうかがうと、水槽から差すやわらかな青い光の陰影が彼の美貌を際立たせていた。

（どうしよう。私、どんどん和くんを好きになっちゃう）

和輝が優しいなんてもとから知っている、でも、彼のそばで暮らすようになってからは、その優しさが自分だけに向けられる特別なものと錯覚してしまいそうになる瞬間がある。現に今もそうだ。

『未来の話をする彼の表情はとても優しかった』

父が教えてくれた和輝の話についすがりたくなる。

幼なじみだからとか責任や同情も関係なく、こんなにも好きになった人が自分をひとりの女性として愛してくれたら、どれほど幸せだろう。

（だめ、余計なことばかり考えていたらもっと離れられなくなるし、離れるときにつらい）

彼との暮らしは長くてもあと一か月弱。

こんなにも大事にしてくれる和輝に自分ができるのは、彼にこれ以上負担をさせず罪悪感も持たせずにそっと離れることだ。だって、和輝にはこの先彼にふさわしい人生が待っているのだから。そして彼の人生に自分の出番はない。

想いは心の奥底に沈める。

彼の手のひらの温もりを泣きそうなほど切なく感じながら、未来は目の前に広がる青く揺れる海を眺め続けた。

彼の望む女性

父に会い水族館に行った日の二週間後、水曜。

「未来ちゃんごめん、今品番送ったけど十五脚納期確認してもらっていい？　一か月以内ならとりあえず在庫押えてほしい」

「サエさん了解です、あ、これ最近人気だからどうだろ……よし、大丈夫そうなのですぐに仮発注かけますね」

「ありがとう、助かる。詳細確認して正式に見積もり依頼するね」

「待ってます！」

いつも通り仕事に精を出す午後、未来は向かいのデスクに座る桜衣の依頼に対応し、発注システムですばやく入力処理し終えた。

「それにしても、今日のサエさんなんかいつもに増して生き生きしてますね」

いつも溌溂と働いている桜衣だが、今日は朝から表情が明るい気がする。

「えっ」

桜衣は驚いた顔になる。

「もしかして、結城さん帰ってくるんですか？」

「……未来ちゃんって変なところで鋭いわね」

桜衣の話によると、彼女の婚約者である海外営業部の結城部長が約三か月ぶりに今夜到着の便でオランダから帰国するらしい。

「今日は空港まで迎えに行こうと思っているの。彼も疲れてるだろうし車の方が楽でしょ……て、なんで拝まれてるの？」

少し照れつつ説明してくれる桜衣に、未来はすっと手を合わせて目を閉じていた。

「いや、もうなんだか推しカップルの久々の再会というシチュエーションが尊くて」

「もうなに言ってるのよ」と笑う桜衣の笑顔はやっぱり晴れやかで、こちらもうれしくなる。

明るい気持ちで仕事を進めていると、フロアの入口に和輝の姿を認め、ドキリと胸が高鳴る。

今さらだし、なんなら今朝も一緒に過ごしたというのに。

(これまでだって何度もこうやってフロアで見てきたのに、仕事モードの和くんって家でリラックスしているときとのギャップがあってドキドキするんだよね……ってなに考えてるの、仕事仕事！)

心の中でカツを入れ、意識をパソコンの画面に戻す。すると、和輝に伴われ、恰幅のいい五十代くらいの男性、そしてもうひとり女性が入ってきた。

その姿を見て、未来の心臓はドクンと鳴った。

すっと伸びたスレンダーな体つき、艶のある長い黒髪、なにより華やかで美しい顔立ちを忘れるなどできない。

「加奈さん……」

思わず小さい独り言が漏れる。

日比野加奈、国内大手の楽器メーカー日比野楽器の社長令嬢。現在三十歳の彼女は、国内外で活躍する若手フルート奏者だ。

そして五年前に和輝が本気で結婚を望んでいた女性。

未来が加奈と初めて会ったのは、高校二年生のときだ。

日比野家と猪瀬家は先代の頃からビジネスで強いつながりがあり、親交を深めるために加奈は父親に連れられて何度か猪瀬の屋敷を訪れていたらしい。

屋敷に来客があるとき未来は遠慮して姿を見せないようにしていたし、あの日もそうだったが、土曜の部活から戻ってきたとき、帰ろうとした日比野父娘と入れ違う形でたまたま鉢合わせしました。

当時、音大を出たばかりの加奈はすでに実力を備えたフルート奏者で、美しい顔立ちとスタイルのよさに未来は目を奪われた。

未来は貴久から彼らに〝親戚の娘〟と紹介された。

『まあ、かわいい。高校生？　いいわね、私もあの頃に戻って青春したいわ』

『加奈さんは幼少期から有名な教師をつけてプロを目指していたから、高校生活を楽しめなかったのかもしれないな』

気遣う言葉をかけた和輝に、加奈は美しい顔をほころばせて笑った。

『ふふ、さすが和輝さん、私のことよくわかってくれてますね』

加奈と和輝は同じ高校出身で二学年違いだという。

ふたりが親しい間柄に見えて、未来の心は落ち着かなくなった。

加奈は『未来さんっていうの？　私のことは加奈って呼んでね』と初対面にもかかわらず優しく接してくれた。

しかし、この立ち話程度のやりとり以来、加奈と顔を合わせる機会はなかった。

彼女に再び会ったのは今から五年前、未来が二十歳の誕生日を迎えた後だった。

大学からの帰り道、加奈にばったり出会い『あら、未来さんじゃない。お会いできてうれしいわ。せっかくだからちょっとお話しできない？』と笑顔で近くのカフェに誘われた。

一度しか言葉を交わしたことのない自分を誘ったのはなぜだろうと少し不思議に思っていると、加奈はテーブルの上の紅茶をひと口飲んで言った。

『まだあなた猪瀬のお屋敷に住んでいるの？　ずいぶん取り入るのがうまいのね』

冷たく鋭い視線。豹変した態度に驚くと同時に、未来は初めて気づいた。加奈に敵意を向けられていると。

『取り入ってなんて』

『私にはそう見えるけど？　だったら、いつまで依存するつもりなのかしら』

『そんな……っ』

未来は返事に詰まる。

『他人の私に言われるのは気に障るかしら。でも、和輝さんに聞いたのよ。あなたは親戚じゃないって。亡くなったお母様の縁なんですってね』

『和くんに？』

和輝が加奈に自分の境遇を話していたのが意外で思わず聞き返したが、返ってきた内容に言葉を失った。

『そのくらい知ってるわ。だって私、和輝さんと結婚するかもしれなかったから』

『え……』

『猪瀬家から縁談が申し込まれていたのよ。あちらのおばあ様とお父様、なにより和輝さんが私を妻にと望んでくださって。でも、私は海外で活動する夢をあきらめきれなかったの』

加奈はドイツでの活動が決まり、先日日本での最後の公演を行ったばかりだという。

『和輝さんからは何度も説得されたけど、音楽家としてのチャンスを逃したくなくて。申し訳ないけれど、彼の想いを受け入れることはできなくて……お断りしたの』

心残りを感じる口調は、加奈も和輝に好意を持っていると思わせるものだった。

『そう、だったんですか……』

さまざまな感情で、胸が押しつぶされそうになる。

『今回は私の事情で結婚の話はなくなったけれど、本当なら日比野家とつながることで猪瀬家には大きなメリットがあったの。だから猪瀬家の方々はとても残念がっていたわ……ねえ、未来さん、まさか勘違いしてないわよね』

『勘違い？』

『和輝さんがあなたに優しいのは、あなたがかわいそうだからよ』

かわいそうという言葉が未来の心を凍らせ、なにも言い返せない。

『彼の結婚相手は、猪瀬家に釣り合う名家の女性でなければ無理なのよ。あなたは、違うわよね？』

押し黙る未来に余裕の笑みを浮かべた加奈は『この先お会いする機会があるかわからないけれど、お元気で』と言い残し席を立った。しかし未来はしばらくその場から動けなかった。

ショックだった。和輝が真剣に結婚を望む相手がいた事実も、その相手から自分の甘さを否定されたことも。

和輝への想いをあきらめてまで海外に発つに加奈にとって、いつまでも自立しようとせず、当然のように猪瀬の家で暮らし、和輝に妹のようにかわいがられている未来の存在は許しがたいものなのだろう。

(私、いつの間にか猪瀬のお屋敷にいるのがあたり前になってた。和くんが優しいのは、お母さんを亡くしてお父さんと離れて暮らす私に同情して気を使っているから。全部加奈さんの言う通りだ)

和輝への想いを自覚してから数年、いつか彼に振り返ってもらえたらと夢見てきた。でもそれはとんでもない勘違いだった。

加奈が話していたように、和輝の妻は猪瀬家に、そして彼自身にメリットをもたらす女性でなければいけない。少なくとも彼らに依存し続けてきた自分ではない。

(そもそも住む世界が違うんだ。ちゃんとけじめをつけて出ていかなきゃ)

加奈とのやりとりは、未来が猪瀬の屋敷を出てひとり暮らしを決断するきっかけとなった。

(ヨーロッパを拠点に活動しているはずの加奈さんが、なんでうちのオフィスに?)

「それにしてもお似合いだよなぁ」

妙な胸騒ぎを覚える未来のうしろからいきなり声がして驚く。振り向くと、同期の尾形が立っていた。

「お、尾形くん、なんでいつも私の背後を取るのよ」

「園田がいつもぼんやりしてるからじゃないか？　それよりあの人、日比野楽器の社長とご令嬢の加奈さんだろ」

「……よく知ってるね」

「そりゃ、日比野楽器はうちの大事なお得意先だからな。日比野加奈さんがヨーロッパで活躍するフルート奏者だって情報は把握してる」

得意気に話す尾形が急に声を落とした。

「それに、なんでもうちの副社長と加奈さんに縁談話が持ち上がっているらしい」

「――え」

「たしか見合いするとかしたとか。まあ、こうやって親子でオフィスまで来るなら、もう見合いした後で、本格的に結婚に向けて進んでるってとこかな」

〝縁談〟〝見合い〟〝結婚〟

衝撃的な言葉に反応できない。すると、桜衣が眉間にしわを寄せた。

「尾形くん、無責任な噂話はよくないわよ。日比野楽器さんは移転後のオフィス環境構築をうちに依頼してくれているじゃない。今日は新オフィスの参考に見学にいらっしゃると聞いてたわよ」

最新設備や働き方を採用しているイノセのオフィスは、かなりの頻度でお客様のオフィス見学を受け入れているので不思議ではない。

「でも、社員でもない娘を連れてくるのは不自然じゃないですか？　実は昨日、海営の新田《にった》と飲んだときに聞いたんです。加奈さんは今後日本を活動拠点にするそうですよ。それならと父親の日比野社長に結婚を強く勧められてるらしくて。イノセとしても日比野楽器とのつながりがさらに強固になる上、美人フルート奏者で有名な加奈さんが次期社長の妻となれば、企業イメージアップにつながっていいこと尽くしだって」

尾形の話は未来の心に重くのしかかってきた。

五年前は加奈の渡航で成立しなかった縁談だ。彼女の帰国によって再度持ち上がってもおかしくない。今さら見合いはしないにしても、結婚に向けての正式な顔合わせをした可能性はある。

（先週和くんが猪瀬のお屋敷に行くって出かけたのは、そのためだった？）

仕事が入らない限り未来と一緒に過ごすのがあたり前だった和輝が、先週の土曜日だけはひとりで実家に帰ると言って出かけたのを思い出す。

夜帰ってきた和輝に『皆さん元気だった？』と聞いたのに、和輝は『まあな』と言ったきり多くを語ってはくれなかった。

（なんとなく突っ込んで聞ける雰囲気ではなかったんだけど、あれって、私に加奈さんの話をしづらかったからかもしれない）

今年の未来の誕生日前日、美津子は和輝の見合いは〝調整中〟と言っていた。

あれは、加奈の帰国を知った美津子が再び日比野家へ縁談を持ちかける準備をしているという意味だったのだろうか。

なにより、和輝と加奈のお互いを慕う気持ちが変わっていなかったら。

未来の頭の中でいろいろな可能性がひとつの結論につながっていく。

美しい大人の男女。並び立つふたりは、尾形の言うように間違いなく〝お似合い〟だった。

見ていられなくなり、未来は彼らから目を逸らしうつむく。

「おい園田、どうかしたか?」

黙り込んだ未来をおかしいと思ったのか、尾形が顔を覗き込んでくる。

「未来ちゃん顔色悪いわよ、大丈夫?」

桜衣も心配そうにこちらを見る。

(だめ、ここで動揺して和くんとの関係を知られたら大変だ)

「あ、うん、大丈夫です。ちょっとぼんやりしてました」

笑顔を顔に貼りつけ、なんとか平静を保とうと出した声は思ったより弱々しくなってしまった。

「体調悪いなら無理すんなよ――あ、こっちに来る」

尾形の声に再び視線を和輝たちに向ける。ちょうど和輝たちが未来たちのいる執務エリアに入ってくるところだった。

加奈は目ざとく未来を見つけてこちらにやって来る。

「あら、未来さんじゃない！　イノセに入社していたなんて驚いたわ」

「加奈さん……お久しぶりです」

未来の返事に尾形も桜衣も〝知り合いだったのか〟と驚いた表情をしている。

「ねぇお父様、和輝さん。私、あとは未来さんとお話ししていてもいいかしら」

「え……」

未来は固まり、和輝は少し顔をしかめた。

「オフィス内で、まだご案内していない場所もありますが」

「あとはお父様にお任せするわ。私、実際にオフィスで働く女性の意見も聞いてみたいの」

「そういうお話でしたら、私が承りましょうか」

未来の顔色の悪さを気遣った桜衣が申し出てくれたが、未来は「サエさん大丈夫です」と声をかけてから加奈に向き直った。

「一般社員の意見でよろしければ、私がお話しさせていただきます」

今夜空港まで婚約者を迎えに行く桜衣の時間を、予定外に使って残業させるわけにはいかない。

それに加奈は、オフィスの話をしたいのではない気がする。

「そう、よかったわ。ね、和輝さんいいでしょ？」

甘えた声を出す加奈に、和輝は仕方ないなという顔になる。

「では、園田さん、頼めるか？」

「はい、承知しました。日比野さん、こちらへどうぞ」

仕事だと割りきった未来は彼女を名字で呼ぶことにした。背筋を伸ばし、加奈を応接室に案内した。

ソファーに座る加奈を見て、未来は改めて彼女の美しさを実感する。

（相変わらず綺麗な人だな。身のこなしも上品で優雅だし）

ネイビーのラインが縦に入ったオフホワイトのワンピースは個性的なデザインで、加奈にとても似合っている。人に見られることに慣れている余裕を感じる。

未来も雪成に指導された美容法を今もできる範囲で続けているし、服装にも気を使っているが、やはり生粋のご令嬢を目の前にすると次元が違うと実感する。

加奈はコーヒーカップに口をつけてひと息ついた。

「連れ回されて疲れちゃったわ。別に歩きたいわけじゃなかったのに」

「今日はご来社いただきありがとうございます。日比野さんのご活躍はこちらのメディアでもよく取り上げられています」

「まあ、それなりの評価はもらっているわ。そういうあなたは相変わらずみたいね。どうせ、和輝さんか猪瀬のお父様に頼み込んでコネ入社したんでしょ」

対お客様のモードの未来に、加奈は笑みを返した。蔑みを滲ませながら。

五年前と変わらない冷たい態度。やはり彼女はここで未来と仕事の話をするつもりではないようだ。

「いえ、きちんと試験を受けて正規のルートで入社しています。それにもう猪瀬のお屋敷は出ています」

事実なのではっきりと答えたものの、未来の心中は複雑だ。

(でも今は〝和輝さん〟の家に転がり込んで新婚みたいな生活してますなんて、口が裂けても言えない)

「ふーん、まあどっちでもいいけど。それより私、これからは日本での活動をメインにするの。結婚のこともあるから」

〝結婚〟を強調し意味深な笑みを浮かべる加奈を前に、未来の胸はざわざわと落ち着かなくなる。

(やっぱり、和くんと加奈さんの結婚話は本当なの？)

真実を聞くのがとてつもなく怖い。でも、ここではっきりさせよう。逃げずに聞かなければ。未来は意を決して切り出す。

「あの、日比野さん」

「なあに？」

「日比野さんと和……副社長との結婚話があると耳にしたのですが、事実でしょうか」

未来の固い声を聞いた加奈は目を瞬かせた後、声を弾ませた。

「あら、もう知っていたの」

和輝は日比野親子を自社のオフィスに案内した後、彼らとともに会食の場へと移動した。

社長である父や国内法人営業部関東営業一課課長の佐野も同行している。今後、日比野楽器の新オフィス構築は関東営業一課で担当するため、顔合わせと親交を深めるのが目的だ。日比野楽器からも移転プロジェクトのリーダーが出席している。

東京駅に近いホテルの高級和食店の個室で懐石料理を味わう。

和輝は車で帰るつもりでアルコールは口にしないでいた。

日比野社長や加奈たちにそつなく話を合わせつつ、和輝は未来のことを考えていた。

(顔色がすぐれなかったが、大丈夫だろうか)

突然未来と話をしたいと言いだした加奈への対応を頼んだとき、未来の表情は硬く顔色もよくなかった。朝はいつも通り元気な様子だったのにと心配になる。

七時を過ぎた頃、場もだいぶ温まり砕けた雰囲気になったので、和輝は未来に連絡を取ろうとさりげなく席を立つ。

個室の外に出てスーツのポケットからスマートフォンを出す。すると少し離れたところで佐野が電話をしているのが見えた。

「そうか。それは心配だね。ああ、わかった。園田さんは僕が明日気をつけておくよ。え？　副社長はご一緒しているけど？　ああ……わかった、お伝えする。倉橋さんは気にしないでいいから結城部長とごゆっくり。はは、じゃあお疲れ」

（園田？　未来になにかあったのか？）

漏れ聞こえてきた会話の〝園田〟という言葉に和輝はすぐさま反応した。

佐野は桜衣や未来の上司なので、なにかあったときに彼に連絡が入るのはおかしくない。

「佐野さん、どうかしましたか？」

電話を切った佐野に、速足で近づき尋ねる。

「ああ副社長、中座してすみません。うちの園田さんが体調悪そうだったから、気をつけてあげてくれと彼女の先輩の倉橋さんから連絡がありまして。倉橋さんは明日休暇なので心配なんでしょうね。あと、そのことを副社長にも伝えてほしいと頼まれました」

佐野は「なぜでしょうね？」と首をかしげる。

「……わかりました。ありがとうございます」

和輝がそれだけ答えると佐野は深く詮索せず、会食の場に戻っていった。

未来が姉のように慕っている桜衣は、和輝と未来が幼なじみであると知っている。

佐野を通じて和輝に伝えようとした可能性はある。

ともかく心配だ。改めて連絡しようとスマートフォンを開く。そこには、未来からメッセージが入っていた。

【今日から友達の家に泊まって引っ越し先を探します。荷物は落ち着いたらこっそり片づけに行くね。今までありがとう。もう私の心配はいらないからね！】

「……は？」

画面を見たまま固まった和輝の口から、低い声が漏れた。

どういうことだ。わけがわからない。すぐに未来に電話をかけるが、コール音が鳴り続けるだけでつながらない。

和輝は焦り始める。

（未来、いったいどうしたんだ？）

「和輝くん、少しいいかな」

背後から声がしたので、和輝は一度電話を切り振り返った。

「……日比野社長、加奈さん」

そこには日比野父娘が立っていた。

どうやら和輝がひとりになるところを狙って出てきたようだ。ふたりとも笑みを浮かべている。

「和輝くん、どうだろう。うちの娘との結婚、もう一度考えてくれないか？」

「その話は五年前にお断りさせていただいたかと」

そんな話をしている場合ではないと思いながら、なんとか最低限の礼儀を保って返事をする。

和輝は以前から加奈に想いを寄せられていて、彼女が音大を卒業したときに一度告白された。

だが和輝は加奈の想いを受け入れなかった。単純に彼女をそういう対象として見ることができなかったのだ。

しかし、どうやら加奈はあきらめられなかったらしく、五年前に日比野家から正式に縁談が持ち込まれた。

加奈は、和輝と結婚できるなら音楽活動は控えてもかまわないとまで言ってきた。

もちろん和輝は加奈と結婚する気はなく、このときも丁重に断っている。

その後加奈は突然ドイツ行きを決め、日本を発った。

現地ではそこまで高い評価を得ているわけではないが、父親によるプロモーションが功を奏して、日本国内では〝ヨーロッパで活躍した美人フルート奏者〟という印象付けに成功している。

「私、結婚するなら和輝さんがいいの。猪瀬の妻を立派に務める自信はあるわ」

加奈は言葉の通り、自信満々の表情で父親の横に立っている。

いまだに自分にこだわっていたのかと思うと、和輝はため息が出そうになる。

せっつかれたのだろう。娘に甘い社長はどうしても願いを叶えてやりたいらしい。

「君にも猪瀬家にとってもいいことばかりだろう。それなのに君の御父上に話しても『結婚は本人の意思に任せています』と取り合ってもらえないんだよ」

それはそうだろう。父に自分の意志ははっきり伝えてある。

「僕には大事にしてきた女性がいます。彼女以外との結婚は考えられません」

自分には未来という唯一の女性がいる。五年前に言えなかった気持ちも、今では断言できるほど強くなっている。

和輝のかたくなな態度に、日比野社長の顔が不快げにゆがむ。

「君が断ったら長年続いたうちとイノセとの関係が悪化するかもしれないが？」

「かまいません」

和輝は日比野社長の言葉に間髪を入れずに答えた。

日比野楽器との取引がなくなったら、イノセはノーダメージというわけにはいかないだろう。しかし、付き合いが古いとはいえ日比野楽器はいくつもある大口取引先のひとつにすぎない。たとえ失ったとしても、これから展開するほかの事業でそれを超える成果を上げる自信はある。

「申し訳ありませんが、お嬢さんとは結婚できません。ご理解ください」

日比野親子に向かってもう一度はっきり告げる。

あまりにも迷いのない和輝の態度に、日比野社長と加奈はあぜんとした顔になる。

「大事にしてきたって、やっぱりあの子なの？　ねぇ、目を覚まして。和輝さんは騙《だま》されてる。あの子は母親が亡くなったのを利用して同情を引いているだけなのよ！」

加奈が悔しげに吐いたセリフに和輝は目を見開く。

「未来のことを調べたんですか？」

未来の事情は隠していたわけではないが、いちいち詮索されるわずらわしさとそのたびに未来が傷つくのを避けるため、対外的には〝親戚の娘〟として猪瀬家に受け入れた。

「和輝さんに取り入っているのが気に入らなかったから、ちょっと調べただけよ。あの子も否定しなかったわ」

「……彼女に、なにを？」

和輝の目つきが一気にすごみを増す。

今までは両家の関係もあって、加奈にはそれなりに敬意を持った対応をしてきたつもりだが、未来が絡むなら話は別だ。

和輝のただならぬ様子に驚いたのか、加奈の顔に初めて怯えの色が浮かんだ。

「だ……だって、悔しかったのよ。和輝さんは私との縁談を断った上、日本での最後のコンサートにも来てくれなかったじゃない。知ってるのよ。あの子と一緒だったんでしょ」

たしかに五年前、ぜひにと招待された加奈のドイツ渡航前のコンサートは未来の二十歳の誕生日と重なっていた。和輝は躊躇なく未来を優先し、コンサートは祖母に行ってもらった。

「だから、あの子に言ってやったのよ。猪瀬との縁談話があったって。それに、今日だって素知らぬ顔でイノセで働いているのが気に入らなくて……。だって私、ずっと和輝さんのこと想ってきたし、ずっとずっと結婚するつもりだったのに！」

和輝の迫力に押されたのか、加奈は五年前も今日も、和輝が自分を妻に望んでいるかのように嘘をついたとボロボロと白状していった。

初めて知る事実に和輝は衝撃を受ける。

（未来は俺のことを誤解していたのか？　それも五年間も）

「おかしいじゃない、あんなどこにでもいるようなつまらない子、和輝さんの妻にはふさわしくないわ。どう考えても私の方が勝っているのに、なんであの子が無条件で愛されるのよ」

「未来はどこにでもいる子でもつまらない子でもありません。それに、無条件で愛されてなにが悪い」

「……うっ」

和輝の低く抑えた声がすごみを与えたらしく、青くなった加奈は父親にすがりついて黙り込んだ。

「和輝、どうした？」

なかなか戻らない和輝と日比野親子の様子が気になったのか、父が個室のドアを開けて出てくる。

「社長、急な要件ができたのであとはお任せします。それから日比野社長、今後お嬢さんはイノセとの接触を絶っていただきたい。その上で僕はこれまで通り両社の良好な関係を望みます。それが無理であれば、残念ですが距離を取っていただいてかまいません」

「か、和輝くん」

「失礼します」

どう対応していいか決めかねている様子の日比野社長と、なにがあったのかと当惑している父に軽く頭を下げる。加奈は蒼白な顔で固まり続けていた。

和輝は速足でその場を後にし、エレベーターに乗り込む。

（未来は俺が加奈さんと結婚すると思い込んでいる。そして、今日家を出ていくつもりでいるということは――）

こういうときはまず落ち着いて、状況を把握しなければ。

スマートフォンを開き、もう一度未来から来たメッセージを確認する。

【今日から友達の家に泊まって引っ越し先を探します。荷物は落ち着いたらこっそり片づけに行くね。今までありがとう。もう私の心配はいらないからね！】

最後に添えられた笑顔の顔文字は、肌を合わせた翌朝、逃げた彼女から届いたメッセージのときと同じもので、和輝の胸は締めつけられる。

（マンションに未来がいないのは確実だ。どうする？）

和輝は未来の友人をすべて把握しているわけではないし、連絡先もわからない。

それにメッセージ通り友人の家に泊まるとも限らない。

ともかく未来と連絡を取らなくては。スマートフォンを操作しようとしたタイミングだった。

端末が震えメッセージの着信を告げる。

すぐさま確認すると、未来とのトーク画面に一枚の写真とＵＲＬが届いていた。

それを見て和輝は絶句した。

告白と離れる決意

加奈と別れオフィスに戻った未来は、定時を過ぎても仕事をしている桜衣に声をかけた。

「サエさん、そろそろ帰らないと。一度帰ってから空港に向かうんですよね」

「うん、もう終わるわ。そういう未来ちゃんも早く帰った方がいいわよ。さっきよりは顔色よくなったみたいだけど」

「心配かけちゃってすみません。もう大丈夫ですし、これ終わったら帰りますから。あ、依頼された見積書は明日、サエさんがお休みの間にしっかり仕上げておきますから安心してくださいね」

「ありがとう……でも、未来ちゃん本当に無理しないでね」

こちらを見る桜衣の表情は気遣わしげだ。優しい先輩を持って本当にありがたい。

「はーい、今日はゆっくり寝ます。サエさん、結城部長によろしくお伝えくださいね」

心配させるわけにはいけないと、未来は明るい声を出した。

桜衣が退勤した後三十分ほどで残務を終えた未来は、さて帰ろうと椅子から立ち上がった——まま動作が止まった。

（……帰るって、和くんのマンションに？　私あそこにいていいの？）

仕事に集中しているうちはよかったが、終わると嫌でも現実と向き合わされる。

『私の帰国を知った和輝さんに、今度こそ妻にと望んでいただけたの。五年前はタイミングが合わなかったけど、今なら彼の想いを受け入れることができると思っているわ。未来さん、あなたも祝福してくれるわよね？』

応接室で聞いた加奈の話を反芻しつつ、肩にかけたバッグの紐を握りしめ立ち尽くしていた未来は「園田」と自分を呼ぶ声に我に返った。

そこにはまだ仕事中とおぼしき尾形がいた。

「今から帰るのか？　下まで一緒に行く」

「あ、尾形くんお疲れ。外に用があるの？」

「いや、ちょっとな」

珍しく歯切れが悪い尾形を不思議に思いながら、一緒にエレベーターに乗る。

「さっき顔色悪かったみたいだけど大丈夫か？」

「そっか、心配かけちゃったんだね。大丈夫だよ、ちょっと働きすぎだったかな。でも、それを言ったら尾形くんの方がもっと働いてるか」

「ああ、まあ無理すんなよ」

未来はあえて明るく言ったのだが、いつものような軽い切り返しがこない。それになにか緊張しているように見える。

「……園田、ちょっとだけいいか」

エレベーターがグランドフロアに着いたタイミングで、ロビーの端にある人気のないスペースに誘われた。

「尾形くん？」

わけもわからず正面に立った尾形を見上げる。

「……こんなところで言うことじゃないんだけど。案外ふたりきりになるチャンスがなくてさ」

尾形は未来を真っすぐ見つめた。

「俺、入社した頃から園田が、好きなんだ」

「……え」

思いがけない言葉に未来は目を見開いた。

「よければ俺と付き合ってくれないか？　今は同期としか見れなくても、いつか男として好きになってもらえるように努力するから」

不安と緊張と熱意がこもった告白。彼の真剣な眼差しから、冗談でないことが痛いほど伝わってくる。

「尾形くん……」

(尾形くんが私を想ってくれてたなんて……。私もごまかさずにちゃんと答えなきゃ)

未来は背筋を伸ばして尾形を見上げた。

「尾形くんの気持ちはうれしい。でも私、ずっと好きな人がいるの」

尾形の告白を前にしても、未来の心にいるのはたったひとりの男性。

(加奈さんと結婚するって知ってても、私はやっぱり和くんが好き。もうどうやっても片想いを断ち切ることなんてできないんだ。そんな状態で尾形くんと付き合うわけにはいかない)

「……だから、ごめんなさい」

未来はゆっくり頭を下げた。尾形はしばらく沈黙した後、思いきりため息をついた。

「はぁ～やっぱりそうか。お前、もとからかわいかったけど最近急に綺麗になるからちょっと焦ってた。結構露骨にアプローチしてたつもりだけど、その顔を見ると気がついてもらえてなかったかー」

眉を八の字にして力なく笑う尾形に、もう一度謝る。

「尾形くん……ほんとにごめん」

誠実な人だと知っているだけに、彼の想いに今まで気づけなかった上、受け入れられない自分を申し訳なく感じる。

「いや、責めるような言い方して悪い。それに、いたたまれなくなるからもう謝るのなし。これからも同期として変わらずよろしくな」

未来を気遣って明るくしてくれているのがわかるから、未来も笑顔で答える。

「うん、ありがとね。これからもよろしく」

「ずっと好きな人、か。失恋直後にどんな男か聞けるほど鋼メンタルじゃないから聞かないけど、うまくいくといいな」

「……うん」

尾形の言葉に未来は曖昧に笑うことしかできなかった。

「さーて、今日はヤケ酒だ。さっさと仕事終わらせるぞ、ほら、お前は気をつけて帰れよ」

尾形と別れた未来はビルの外に出た。

雨は降っていないものの、梅雨時のジメジメした空気が体にまといつく。

それを振り払うように速足で東京駅へと向かった。

（失恋相手の幸せを思ってあんなふうに明るく笑える尾形くんはすごいな。優しくて、強い……私もああなりたい）

歩きながら、未来はこれからどうすべきかを考えていた。

〝お試し結婚〟の期限まであと二週間を切っている。

加奈は、自分の帰国に伴い和輝との結婚話が急速に進んだと話していた。未来が和輝と同居を始めた頃とは事情が変わったのだ。お試しもなにもあったものではない。

（和くんが私にその話をしないのは、そもそも責任と同情で私と結婚するなんて言っちゃったからだよね。夫にふさわしいか見極めろなんて言った手前もあって、期限までは家に置いてくれるつもりなんだろうな）

引っ越し先の物件探しは常に頭の片隅にあったが、和輝との生活が幸せすぎて流されて忘れたふりをしていた。

結局のところ、また図々しく和輝に甘えていたのだ。

（やっぱり和くんのマンションに私がいたらまずくない？　加奈さんは私が猪瀬家とは無縁の赤の他人だと知っているし、私が和くんを好きだってきっとバレてる）

日比野家との縁談が整った今、自分が和輝と同居している事実は和輝や猪瀬家の体面的に非常に問題がある。

東京駅から中央線の快速電車に乗りマンションの最寄り駅である御茶ノ水に着くが、未来は降りることができなかった。

(やっぱり帰るのはやめよう。和くんならきっと察してくれる)

未来は電車に乗ったまま、和輝にメッセージを入れた。

【今日から友達の家に泊まって引っ越し先を探します。荷物は落ち着いたらこっそり片づけに行くね。今までありがとう。もう私の心配はいらないからね!】

加奈が今夜は両家の父親を交えての会食だと言っていた。きっと今頃真っ最中だ。和輝は会食の場でスマートフォンを見るような人ではないから、このメッセージを確認するのは少し後になるだろう。

(さて、今夜からどうしよう。とりあえずどこかホテルを探そうかな)

雪成をはじめ友達は何人か心あたりがあるが、皆仕事をしたり家庭を持ったりしている。急に今夜から泊めてくれというわけにもいかない。

考えているうちに電車は新宿に着いていた。このままだとどんどん都心から離れてしまうと思った未来は、電車を降りた。

邪魔にならないようホーム中央に移動し大きな柱を背に宿泊先を検索し始めたとき、スマートフォンが着信で震えた。ギクリとしたが、画面に表示された名前は和輝ではなかった。

「ユキちゃん？」

『みっくぅ〜元気にしてた？　やっと仕事落ち着いたからさ、あんたののろけ話でも聞こうと思ったんだけど……もしかして駅にいる？　電話したらだめだったかしら』

聞こえるのは親友の明るい声。未来がいるホームの喧騒が聞こえているらしい。

「ううん、ちょうど電車から降りたところだから大丈夫。電話くれてうれしい」

『ん？　未来、なにかあった？　声が沈んで聞こえるんだけど』

あっという間に未来に元気がないと気づいた親友の心配そうな声に、ひとりでこらえていたものがついあふれ出す。

「……家、出てきたんだ」

『え、出てきたってどういうこと？』

「ユキちゃん……和くん結婚するって……だから私、ちゃんと明るくあの家を出ていこうと思ってたんだけど……っ」

弱音が混じった瞬間、涙で声が詰まる。

電話の向こうで雪成が『ちょっとやだ、どうしちゃったの』と慌てている。

『未来、今どこの駅にいるの』

『わかった、とりあえず中野《なかの》まで来て。私も今から駅前向かうから。女が泣きながら突っ立ってたら目立つから、一回涙引っ込めてからゆっくり来るのよ』

「うん……」

言われた通り少し気持ちを落ち着けてからもう一度快速電車に乗り、隣駅の中野で降りた。

駅前で五分ほど待っていると、雪成が慌てた様子で駆け寄ってきた。

その様子に、未来は自分の状況も忘れて噴き出した。

「ユキちゃん、ものすごい格好……」

外出するときは身なりを抜かりなく仕上げている雪成が、スッピンの状態。さらに、長い髪は乱れて顔にかかっているし、グレーのパーカーにスウェットというラフな服装だ。

「はっ……し、しょうがないでしょ。あんたに電話したの、お風呂上がりだったのよ。涙声だし、いったいどうしたのって……っ」

ぜーぜーと肩で息をしながらも、雪成は心配そうに未来を見ている。

雪成が彼の姉と住むマンションはここから歩いて二十分ほどだ。電話を切った後、取るものもとりあえず未来のために駆けつけてくれたのだろう。

親友の優しさが身に染みる。

「ごめんねユキちゃん……ありがとう」

「とりあえず話聞くからおいで」

雪成は未来を連れて駅前のアーケード商店街から少し離れた路面店の洋風居酒屋に入り、奥のカウンター席に並んで座る。

うるさすぎず静かすぎず、話がしやすい環境だ。

とりあえず頼んだビールを一気にあおる気分にはなれず、ちびちびと飲みながら未来は事の顛末を説明する。

「もともと和くんは加奈さんを奥さんにしたかったから、よかったんだと思う」

雪成に説明していると、自分の気持ちも整理されていく気がした。

和輝が好きだ。中学生で自覚してからしつこいくらい想ってきた。

彼のマンションで一緒に暮らし始めてからは、想いは雪のようにさらに降り積もっていった。今ではもう雪崩《なだれ》が起きそうなくらい。

だからこそ速やかに彼から離れるべきだ。もともとそのつもりだった。

「私、和くんは手が届かない人だってわかっていたのに、どこか意地になって並んでもおかしくない女性になろうとしてたんだと思う。加奈さんやユキちゃんのように自分の夢を追いかけて行動したり、職場の先輩のように自信を持って大きな仕事がこなせるような」

結局並ぶなんて身のほど知らずだったけれど、今までの時間を否定するつもりはない。自分なりに前を向いていられたのだから。

そのきっかけをくれたのが五年前の加奈の辛辣な言葉だった。

「加奈さんにありがとうって言うのはなにか違うけど、目を覚まさせてもらったのは確かなの。ふたりはお似合いだし、祝福しなきゃって思ってる……。でもね、ユキちゃん」

未来は手もとのビアグラスを見つめた。

「和くんにはなんの罪悪感もなく幸せになってほしいのに、彼に初めてをもらってもらえたのも、一緒に暮らせた時間も幸せだったと思っちゃってるの。私の好きな気持ちって自分勝手だね」

未来の話をじっと聞いていた雪成は、ふうとため息をついた。

「そんなことになってたとは、驚いたわ。つらかったわね。でもさ、未来……」

そのとき、バッグに入れていた未来のスマートフォンが音もなく大きく振動した。

ビクッと肩を揺らした未来は雪成の顔を見つつ恐る恐る取り出す。

「……やっぱり、和くんだ」

「出ないの？」

「なに話していいかわからないよ。それに今日は友達の家に泊まるって言ってあるから、心配はかけていないと思う」

手のひらの上で主張するように震えていたスマートフォンはしばらくすると動きを止めた。

その瞬間、張りつめた空気が緩む。

「あ、あはは、し、心臓に悪いから、もう一度大丈夫だからってメッセージ送ってから電源を切っちゃおうかな」

「うん、そーね。それも悪くないわね」

雪成が突然明るい声をあげたので未来は驚く。

「ユキちゃん？」

雪成はスウェットのポケットから黒い髪ゴムを取り出し、髪をさっと整えてサイドで器用に束ねる。

「未来の失恋記念、撮ってあげるからスマホ貸してくれる？」

「あ、うん」

言われるままにロックをはずしスマートフォンを差し出す。雪成は奪い取るようにしてカメラを自撮りモードに切り替え、こちらに向けた。

「えっ」

「私も一緒に写るわよ〜。ほーら笑って。この写真をネタにして一生いじってあげるから」

「もう、ユキちゃんったら」

なにがなんだかわからないうちに肩を引き寄せられる。失恋した記念写真というのはどうかと思うが、雪成なりに励ましてくれているのだろう。

（そうだよね。いつか、今日のことを笑い飛ばせるように強くならなくちゃ）

未来は素直に従う。雪成は長い腕を伸ばし数枚写真を撮った。

スマートフォンの画面を確認して、未来は感嘆の声をあげた。

「ユキちゃんのこういう感じ久々に見たなぁ。高校生の頃を思い出すね」

ノーメイクな上、グレーのパーカー姿で髪を結んでいるせいか線の細い美青年に見える。

今では未来よりよっぽど女子力が高くなってしまったけれど、学生のときの雪成はこういう雰囲気だった。

知り合ってすぐの雪成は物静かであまり積極的に周りとかかわるタイプではない上、近寄りがたいくらいの美少年だった。

(それにしてもスッピンの写真なんて、普段のユキちゃんなら絶対嫌!って断るはずなのに、よく撮ろうなんて言ったな。まあスッピンでもめちゃめちゃ綺麗だけど)

「あらぁ、これじゃ、仲良しカップルに見えちゃうわね。あ、未来、この画像私にもくれる?」

画像を確認した後も、雪成は未来のスマートフォンを手にしたまま返してくれない。

「ん? いいけど私やるよ」

「まーいいから……えーと、これね、よしっと。オッケー、電源切るんだっけ? はーい、切っといたから」

「え、あ、ありがとう」

操作を終えた雪成は流れるような手つきで勝手にスマートフォンの電源を落とし、未来に手渡してくる。

なんとなく有無を言わせない勢いがあったため、未来はそのまま受け取った。

「まあ、飲んでよ。今日は私がおごるから。行くとこないんなら、引っ越し先決まるまでうちに来たらいいじゃない。お姉もあんたをかわいがってるから喜ぶわ」

「ありがとう、ユキちゃん……。ユキちゃんが来てくれてよかった」

あのままホテルに泊まっていたら、つらい気持ちを誰にも吐き出せずひとりの夜を過ごさなければならなかっただろう。

「私は未来の親友でしょーが。困ってたらほっておけないのよ……それにあんたにはいろいろ恩があるし」

「恩？」

「未来が誘ってくれなかったら私、この仕事していなかったかもしれないから。しちゃう？　私たちの友情が始まった高校時代の思い出話」

頬杖をつきながら雪成は昔を懐かしむように話し始める。

物心ついたときから周りの男子と違い、かわいい物やオシャレが好きだった雪成は、中学生の頃それが原因でなにかとからかわれていた。

高校は中学からの知り合いがいない自宅から距離のある学校をあえて選び、平穏な学校生活を送るため極力目立たないようにしていた。

二年で同じクラスになった未来は明るく素直な性格の女子生徒で雪成にも気さくに話しかけてくれたが、ほかのクラスメイトと同様、表面上の付き合いしかしていなかった。

一学期が終わろうとしていた頃だった。昼休みに教室でスマートフォンに見入っていた雪成は、背後に立った未来に突然声をかけられた。

『もしかして町田くんって髪の毛とかいじれる人？　だったら助けてくれない？』

もともと手先が器用だった雪成は毎朝四つ年上の姉の髪の毛をセットしていた。

「お姉、弟使いが荒くて注文が多いから、編み込みとかいろんな技を求めてきてさ、私も嫌いじゃないから動画見て研究していたの。それを偶然未来に見られたのよね」

「あー、そうだったね」

未来も当時を思い出す。所属するチアリーディング部では秋の公演に向けて練習を始めていた。

公演当日は髪の毛をアップにしたりメイクをしたりして華やかにするのだが、当時の一、二年は揃いも揃ってそっち方面に不器用だった。

「だからそういうのが得意で、かつ部活に入っていないヒマな子いないかなって探していたところだったのよ」

「そう。最初は男だからって断ったのに〝男も女も関係ない〟ってしつこくてねぇ」

「まあ、藁にもすがる思いだったからね」

雪成と未来は顔を見合わせて笑った。

結局未来の熱意に折れた雪成は、チアリーディング部のヘアメイクを担当するようになった。

「髪をかわいくしてメイクしてあげるとみんな目を輝かせて喜んでくれて、公演でもいっそうキラキラして見えた。その姿に感動しちゃって〝こういうの仕事にできたらな〟って思ったの」

「おかげで公演は大成功だったから感謝しかないよ。それにユキちゃんも女子の輪になんの違和感もなくなじんでくれて、やりやすかった。今考えたらそれが自然だったんだね」

部活のメンバー全員、雪成を仲間として自然と受け入れてくれた。

「そう、やっぱり自分の気持ちは女子なんだなって痛感したわ。でも、イチャモンつける人間はやっぱりいたじゃない」

『男のくせにチアリーディング部に入り浸って女子とベタベタしているやつがいる』

雪成をそう揶揄し始めたのは、サッカー部の学校でも目立つタイプの男子グループだった。また中学生のときのようにいじられるのだろうかと、雪成は身を切られる思いだった。

「せっかく仲よくなったけど、未来たちとは距離を取ろうかと思ったの、でも驚いたわ。あんたサッカー部に乗り込んだもんね」

「ああ……あのときは頭に血が上って」

未来はいたたまれない表情で肩をすくめた。

サッカー部の練習中に殴り込んだ未来は言い放った。『好きなことや得意なことに一生懸命取り組んでなにが悪いの！　サッカーとなにも違わないわよね。町田くんをからかうならチアリーディング部が相手になるわ』と。

「あれ一歩間違えたら、未来が標的になりかねなかったわよ」

「まあ、ユキちゃんも私も無事だったじゃない。変な噂もされなくなったし。実はちょっと怖かったけど勇気を出してよかった。チア部のみんなも全面的に味方してくれたしね」

きっとサッカー部はチア部を敵に回したくなかったのだろう。試合の応援に来てもらえなくなると困るのだから。

とにかく、自分が頭にきて取った行動だ。感謝されるのは違う。

「でも私、未来の行動と言葉に救われたのよ。あの頃から、自分が好きな仕事して好きなように生きたいって思うようになった。だから個性も隠さないでいようって。そう決めたらものすごく楽になったのよ。周りになにを言われても気にならなくなった」

その後、雪成は未来に自分の心が女性であると告白してくれ、さらにふたりの友情は深まった。

「あのときの経験が私の出発点。いろいろあったけど、いつか自分のサロンを持ちたいって夢もできたの。未来、私にきっかけをくれてありがとう」

「ユキちゃん……」

こうして面と向かってお礼を言われると照れるが、あの頃のことが雪成の今と将来につながっていると思うと、未来は素直によかったと思えた。

「私の方こそユキちゃんにいつも助けられてるよ。今日だってそう。心配させちゃったけど、来てくれて本当にうれしかった。ユキちゃんの夢、絶対叶うよ。応援してる」

「ふふ、がんばるわ」

未来の言葉に親友は飾り気のない笑みを浮かべた。

その後もしばらくふたりは雪成の将来の店について話し込んだ。

「へえ、ひとりの女性をトータルコーディネイトなんて素敵だね」

「そう。ヘアメイクはもちろん、パーソナルカラーとか骨格とかも取り入れたアドバイスが一度にできるお店を持てたらいいと思ってるの。まあ、その人がどうなりたいかっていうのが一番だけどね」

「なるほど。プロにじっくり向き合ってもらえたら迷える女子は助かるよ。前に私にもいろいろアドバイスくれたけど、はっきり言ってくれてわかりやすかった。ユキちゃんそういうの向いてると思う」

スパルタ気味ではあったが、雪成のセンスは折り紙付きだ。

「未来に関しては私が一番よく知ってるからね。そうそう、結婚式では私が最高に綺麗な花嫁に仕上げて送り出してあげたいっていうのも夢のひとつかしら。だからあんたには本当に好きな人と幸せになってほしいわけ」

「ありがとう。気持ちはうれしいんだけど、和くん以外に好きな人なんて見つけられる気がしないよ」

力なく笑い肩を落とした未来に、雪成は意味深に笑った。

「だから勝手なことしてごめんね」

「えっ？」

急にかみ合わなくなった会話に首をかしげる未来にかまわず、雪成は体をひねり後方の窓の外に視線をやる。そして楽しげな声を出した。

「やっぱり来たわ。しかも予想より全然早い。きっと必死で駆けつけたのね。それにしてもいて写真で見るよりイケメンすぎない？　オーラもすごいし。長い脚で走ってくるから、ここに着くまであと三十秒ってとこかしら」

「ユキちゃん？」

雪成は体を戻し、頬杖をついてこちらを見る。

「あのさ、未来、恋多き乙女の嗅覚ナメてもらっちゃ困るのよ。いくら幼なじみでも普通二十歳過ぎた女の誕生日を欠かさずふたりだけで祝う？　頼まれたからって初めてをペロリといく？　その上なんだかんだ理由つけて自宅に連れ込むなんて、そんなの絶対執着されてるでしょーが」

「ねえ、ユキちゃん、なにを言っているの？」

なんだろう、とてつもなく嫌な予感がする。

「あんたたち、お互いを気遣いすぎてこじらせまくってるだけよ。それもかなりの時間寝かせてるからタチが悪いったら。梅干しならもうしょっぱくて食べられないわよ。ちゃーんと腹を割って話しなさい」

「いらっしゃいませー！」という店員の声が聞こえたタイミングで雪成は未来にグッと顔を寄せ、内緒話をするように耳打ちした。

「御曹司召喚完了」

「え……」

困惑が極まった瞬間、雪成から剥がされるように強引に肩を引かれる。

「未来から離れてくれないか」

驚いて顔を上げた未来の目には、少しだけ息を上げた和輝が映っていた。

「……なんで？」

未来は信じられない思いで和輝を見上げる。

「これ以上、未来を振り回すのはやめてもらいたい」

未来の肩を強く引き寄せたまま雪成を見すえる和輝の眼差しは、静かな怒りをたたえているように思えた。

「振り回す？　どういう意味ですか？　まるでわた……僕が未来を困らせているように聞こえますが」

雪成は未来が聞いたことのないような低い声で答える。

（僕？　ユキちゃんってこんな男の人みたいな声出せるんだ……って、いやいやちょっと待って、いろいろわけわからないんだけど）

「未来の気持ちをもてあそばないでくれと言っている。君がどう思っているか知らないが、俺は今さら未来を手放す気はないし、この手で幸せにするつもりだ」

「和、くん……？」

はっきり言いきる和輝に驚き、改めてその横顔を見つめる。彼の眼差しは相変わらず鋭い。

するとと雪成はゆったりと目を細め、いつもの声色で未来に笑いかけた。

「ですって、未来。よかったわね～」

「えっと……」

和輝がここにいる理由も彼の言葉の意味も雪成の意図もわからず、軽くパニックに陥る。

和輝も突然変わった雪成の雰囲気になにかがおかしいと気づいたのか、少し声のトーンを変えた。

「君は……」

「私は未来の大大親友。〝和くん〟の話はずっと未来から聞いてたし写真も見てたけど、実際ご尊顔を見るのは初めてね。イケメンがすぎてちょっと引いてるわ」

完全に女性の口調で答える雪成に、和輝が当惑を深めていくのがわかった。

未来も別の意味で聞きたいことがありすぎるのだが、雪成はかまわず話し続ける。

「そういうわけで、未来を連れて帰ってもらえるかしら。それと未来、振り回すとかもてあそぶとか解《げ》せないワードについては確認しておいてよ。イケメンに嫌われるの切ないじゃない。さっきの顔、ちょー怖かったし」

わざとらしくシナをつくる雪成の様子に察するものがあったのか、和輝は引き寄せる腕の力を少し緩めた。

「君の言う通り、未来とちゃんと話をする必要がありそうだ。すまないが今日は失礼する。未来、帰ろう」

「でも……」

「もー、さっさと行って。この修羅場っぽい雰囲気の後、ひとり残される私の身にもなってちょーだい」

雪成はヒラヒラと手を振り、躊躇している未来を促す。

気づくと店内中、ほかの客から従業員まで興味津々でこちらに注目している。

店に飛び込んできた規格外のイケメンと性別不詳の美人に挟まれた平凡顔の自分の関係を、いろんなパターンで想像していそうだ。

「う、うん、わかった。ユキちゃん、また連絡するから」

いたたまれなくなった未来は和輝に促されるまま席を立った。

「もう、世話が焼けるんだから……ちゃんと幸せになんなさいよ」

去り際、親友の優しい声が聞こえた気がした。

和輝と店を出た未来は、彼に手を引かれて歩く。

お互い無言だが、未来の手は和輝の手のひらに逃がさないとばかりに強く握られている。

しばらくすると人気のない公園脇の駐車場に着く。

「乗って」

和輝が助手席側のドアを開けて乗るように促したので、未来は素直に従った。

慎重にドアを閉めた和輝は運転席に回り、再びドアがバタンと閉まる音を最後に車内がしんと静まり返る。

和輝は手に持っていたスーツのジャケットを後部座席に投げた後、シートベルトをするでもエンジンをかけるでもなく、なにかを考えるように黙ってシートに体を預けている。

静寂が気まずい。

（い、いったいなにから話していいのか……そもそも今日は加奈さんたちと会食じゃなかったのかな。でも車だからお酒飲んでないんだよね？）

疑問はたくさんあるが、ふたりの間にある沈黙の重さにきっかけが掴めない。

先に口を開いたのは和輝だった。

「……彼、といっていいのかわからないが、君が片想いしていたのはさっきの彼じゃなかったのか」

「片想い？」

未来は思いがけない言葉に頭を巡らせた。

（そうか私、長年の片想い相手に失恋したって和くんに話をしてたんだ）

あの誕生日の夜、バーでそう言って和輝に抱いてほしいと迫ったのだ。片想い相手の和輝自身に。

「さっきの友達……ユキちゃんはたまたまあんな雰囲気だったけど、普段は私なんかより女性らしくて綺麗なんだよ。高校のときからの親友で、今日も私を心配してくれて来てくれたの」

「そうか。俺はてっきり彼が君の失恋相手だと思っていた。だから、君からこんなメッセージが来て頭に血が上った」

和輝はスラックスのポケットからスマートフォンを取り出し、メッセージアプリを開いて未来に見せる。

「え……これ、さっき撮ったやつ？」

トーク画面には、未来からのメッセージとして雪成と仲よく肩を寄せている写真が表示され、その後に未来たちがいた店のURLが続いていた。

「私、こんなの送った覚えないよ！　……もしかして、あのとき？」

雪成は未来のスマートフォンで写真を撮った後、自分のスマートフォンに送ると言ってなにやら操作していた。あの短い時間で勝手に和輝に画像を送り、ご丁寧にふたりがいる場所まで知らせたのだ。

なんて早業だろう。

『この写真をネタにして一生いじってあげるから』

雪成の言葉を思い出し、頭を抱える。

「和くんごめん。ユキちゃんがやったんだと思う」

迷惑をかけたと謝ったものの、なにかがひっかかる。

（え、でもちょっと待って、和くんは私の失恋相手がユキちゃんだと誤解して、そのユキちゃんと一緒の写真を見て慌てて来てくれたの？　今日は日比野父娘と会食のはずだったのに？）

『俺は今さら未来を手放す気はないし、この手で幸せにするつもりだ』

店での和輝の言葉を思い出し、今になって鼓動がドクドクと高鳴ってくる。

（だ、だめ、変な期待しちゃ。ただ単に心配してくれただけかもしれない。だって和くんはもう――）

勝手に膨らもうとする想いを抑えたくて、未来はうつむき膝に置いた両手をギュッと握った。

「君を奪われるのかと思うと気が気じゃなかった。未来」

自分を呼ぶ切実な声に、心と体がピクリと反応する。

和輝の左手が伸びてきたと思うと膝の上の右手にそっと重なる。未来はその温かさに顔を上げた。

「君の片想い相手が誰かなんてもうどうでもいい。逃げないで聞いてほしい。さっき言ったことは本心だ。俺は未来を手放す気はないし、幸せにしたいと思っている」

和輝は体ごとこちらを向き、真っすぐに見つめてくる。

「君を愛してる。唯一の女性として」

息をのみ、目を瞬かせた未来はそのまま動けなくなった。

（和くんが、私を、女性として、愛してる……）

真剣な眼差しに射貫かれながら和輝の言葉を心の中で何度も言葉を反芻するが、そんなはずはないという気持ちがどうしても理解を妨げる。

「……和くんは、加奈さんと結婚するって」

声を絞り出すと、和輝は「やっぱり、誤解していたか」と小さくため息をついた。

「日比野加奈さんに全部聞いた。未来は俺が彼女を想っていると思い込んでいたんだろう？ 五年前に向こうから縁談が持ち込まれたのは事実だが、すぐに断っているし、彼女との結婚を考えたことは一度もない。君は騙されたんだ」

「そんな……」

（加奈さんが言っていたのは全部嘘で、和くんは彼女を奥さんにするつもりはなかったの？ でも……）

「相手が加奈さんじゃないとしても、猪瀬家のために和くんは家柄が釣り合う女性と結婚しなければならないでしょ？ 私はふさわしくない。一緒にはいられないよ」

必死に心を落ち着かせながら話す未来に、和輝は間髪を入れずに答える。

「結婚は未来としか考えられない」

「か、和くん」

「家柄どうこうも加奈さんに言われたんだろう？ それも誤解だ。親父も美津子さんも家柄なんて気にしていない。母は一般家庭の人間だったし、結婚相手は自分の意志で決めるように言われている。そして俺は未来とずっと一緒にいたい」

和輝は未来に届くよう、はっきり言葉を紡いでいく。

「未来に長く想う相手がいたのは承知の上だ。失恋に付け込んで抱いたのも、お試し結婚なんて理由をつくって強引に家に連れ込んだのも、俺が未来をどうしても手に入れたかったからだ」

処理しきれないほどの現実と和輝の想いに圧倒されて、未来の心はいよいよ震え始める。

でも、この期に及んでも未来は確認したかった。

「和くんにとって私は幼なじみで、妹みたいな存在じゃなったの?」

未来が望んでもずっと変えられないと思っていたふたりの関係。

抱えていた思いを吐露すると、和輝は未来の手を握る力を強めた。

「とっくの昔から妹としてなんて見ていない。もう一度、いや、何度でも言う。俺は未来をひとりの女性として、心から愛してる」

ただ自分の想いを伝えようとする和輝の真摯な声。表情も落ち着いていて、いっそ凪いでいるように思えたが、その澄んだ黒い瞳の奥にたたえているのは切ないほどに愛する人を求める熱情だった。

その熱に気づいた途端、未来の胸の高鳴りは抑えられなくなっていた。

(私の方こそ、ずっと隣に並びたいなんて思ってたくせに、本当の意味で和くんを男

の人として見ていなかった。無意識に自分を守りたかったのかもしれない）

なぜなら〝妹〟の立場を守れば、深く傷つかないで済むから。

ここまでしてもらわないと彼の想いに気づけなかったなんて、なんて自分は臆病でずるいんだろう。

私も愛してる。大好き。世界で一番好き。お兄さんなんて思ってない。

想いを伝えたいのに、一度にあふれすぎて言葉にならない。

「未来？」

瞳を潤ませて黙った未来に、和輝の手のひらの力が気遣わしげに緩む。

その瞬間、未来は身を乗り出し夢中で和輝の胸に飛び込んで背中に手を回す。

「私の長年の片想い……和くんなの」

すがりつくようにしてやっと出せた想いは涙声になっていた。

「え――」

「ずっと好きだったの。私、和くん以外を好きになったことない」

和輝が戸惑ったのは一瞬で、すぐに逞しい腕に強く抱きしめ返される。

「……俺たちは、いろいろすれ違っていたのかもしれないな」

広い胸にすっぽりと包まれながら何度もうなずく。

雪成が言っていたように、自分たちは長い時間をかけてしっかりこじれてしまっていたのだ。

「その辺の答え合わせは後でゆっくりしよう。でも今はこれだけ言わせてくれ」

抱きしめ合っていた体が少し離されるとすぐに、和輝の大きな両方の手のひらが丁寧に未来の頬を包んだ。

まるで世界で一番貴重な宝物を扱うかのように。

「未来、俺の持てるすべてをかけて君を幸せにすると誓う。これからの人生を、夫婦としてともに歩んでくれないか」

責任や同情はかけらも感じない。ただこの人に愛しい女として強く求められている。そう思えた。

もう未来の気持ちに迷いはなかった。

包まれた両頬に彼の手のひらの温かさを感じながら小さく、それでもしっかりとうなずく。

「私も、和くんに幸せでいてほしいし、笑ってほしいの。私でよければ奥さんにしてください」

彼と結婚したら自分は間違いなく幸せになれる。

でも、和輝の幸せを誰よりも願っているのもまた自分だと思う気持ちから出た言葉だった。

するとと和輝は虚を突かれたように目を瞬かせた。

「『笑ってほしいの』か……君はあの頃から変わってないな。でもよかった、今回は〝お嫁さん〟になる気になってくれたんだな」

「え、私、なにか変なこと言っちゃった？」

和輝の言葉が理解できず戸惑いながら見上げる。そこには大好きな人の心からの笑顔があった。

「大丈夫、未来さえいれば俺は幸せだし、どんなときも笑っていられる」

未来の頬を包んでいた彼の片方の手のひらがうなじにすべり、頭を引き寄せられる。ふたりの距離が近づき、ゆっくり唇が重なった。

「ん……」

未来も目を閉じてその感触を受け入れた。

好きになった人が自分を好きでいてくれる。これからもずっと一緒にいられる。

そう思うと幸せすぎて溶けてしまいそうだ。

角度を変えて何度も交わされる口づけにうっとりとしながら、未来は思った。

（あの夜、たくさんキスはしたけど夢中だったたし、こんなに満たされた気持ちでするのは初めて……外なのに……ん、外？）

「未来……」

未来の思考をよそに、キスが終わらないどころか深まろうとするものだから、未来は焦って和輝の胸を思いきり押す。

「……はっ……ちょっと待って、ここ外！」

なんとか体を離した未来は火照った顔で主張した。

いくら車の中だとしてもここは屋外だ。こんなことをしていい場所ではない。

「周囲に人がいないのは確認済みだが」

和輝は不満気な顔をしつつ、手は未来の肩から離さない。

「さすが余念ない……って、いやいやそういう問題じゃなくて。ええと、あ、ねえ和くん」

なんとか話を逸らしたくて未来は切り出した。

「本当に私で大丈夫かな。いくら家柄を気にしないとはいえ、私がお嫁にきますって言ったら美津子さんやおじさん、内心がっかりしちゃうかも。それにお見合いの件もあるし」

気にする未来に、和輝の顔はさらに苦虫を噛みつぶしたようになった。

「次の休みに一緒に家に行こう。そのとき親父と美津子さんに俺たちの結婚を報告する。そうしたら君にもわかるはずだ、そんな心配一ミリもないって」

なにを根拠に言っているのかわからないが、やけに力強く断言されてしまった。

「つ、次の休みって、ずいぶん急じゃない？」

「未来は反対されたら結婚をあきらめるのか？」

「ううん。認めてもらえるように努力する」

差し迫った話に戸惑いはするが、お互いの気持ちが通じ合った今、結婚を、和輝をあきらめる選択肢はもう未来の中にはなかった。

足りないところだらけかもしれないが、猪瀬家の嫁として認められるように誠心誠意がんばっていくしかない。

「それを聞いて安心した。また逃げられたらたまったものじゃないからな」

肩を引き寄せられ、ぐっと距離が近づく。

「え、ちょっと和く――」

「いいから黙って」

「んんっ……」

仕切り直しとばかり、和輝は再び唇を重ねてきた。

反射的に彼の胸に置いた両手に少しだけ力を入れたが、強く拒むことができない。

いつも冷静で感情が読めないといわれる大人の彼が、未来を逃がすまいとばかりに溺れるようなキスをして、時折切なげな吐息をこぼしている。そう思うと、胸の奥がキュンキュンと締めつけられる。

応えずにはいられなくなり、未来は和輝のワイシャツをギュッと掴んだ。

結局、彼の想いそのもののような優しく激しい口づけに未来はしばらく翻弄されたのだった。


「出ていくって言ったのに、すぐ帰ってきて恥ずかしいな」

和輝が運転する車で帰ってきた未来は、玄関で肩をすくめつつ靴を脱ぐ。

リビングに向かいながら和輝は苦笑を浮かべた。

「帰ってもらえてなによりだ。未来、夕食は？」

「さっきユキちゃんと軽くつまんだし、なんかもう胸いっぱいで食べられないかも。和くんも済ませたよね」

「ああ、じゃあ風呂にするか。俺が先でいいか？」

「うん、お先にどうぞ」

答えると、和輝は表情を和らげ未来の頭をそっとなでた。

ここで暮らし始めてから何度もこうしてもらったけれど、こちらを見つめる瞳に甘いものが多分に含まれていると実感するのは、想いが通じたからだろうか。

(いちいちドキドキしちゃう。でも慣れなきゃ)

片想いだと思っていた期間が長すぎて、彼と両想いになったなんて現実味がない。

すると、和輝は身を屈めて唇に触れるだけのキスをした。

「ふ、不意打ち……」

チュッと音を立てて離れた和輝を頬を赤らめて睨むと、彼は楽しそうな声を出した。

「外じゃないからいいだろう」

「もう……」

さっき外でさんざんキスしたのにと言い返そうとしたのだが、できなかった。彼が突然耳もとで低くささやいたからだ。

「今夜、未来を抱きたい……いいか?」

和輝に続いて入浴を済ませた未来は寝室のドアを開ける。すると部屋の中から声が聞こえてきた。

「そうですか無事に。ありがとうございます。お手数をおかけしました。え、未来？　……ああ、彼女と週末家に伺います。はい、はい、わかりましたから。ご心配なく。それではまた」

スマートフォンを手にベッドに腰掛けていた和輝は、通話を終えるとこちらに視線をよこした。

「さっきの会食、俺だけ途中で抜けてきたから親父に状況確認していた」

「会食って日比野社長と加奈さんとの？」

「あのふたりもいたが、日比野楽器移転プロジェクトの関係者の顔合わせで、佐野さんも出席していたよ。ひとまず無事に終わったそうだ」

加奈には両家の父親を交えた会食だと言われたが、実際はビジネスの集まりだったらしい。

「そうだったの。きっと私のせいで途中から副社長が不在になっちゃったんだよね」

未来は申し訳なく思いながら、和輝から距離を取りつつベッドの端に腰掛ける。

「別にかまわない。でもあんなに焦ったの、人生で初めてだったかもしれないな」

和輝は言葉を切ると腰を上げ、未来の隣に座った。

お互いの二の腕がぴったり密着する。

「未来だけだな。俺の心を嫌というほど振り回すのは」

きっと和輝はこちらを見ている。でも未来は恥ずかしくて彼の方を向けず、膝に置いた自分の手の甲を見つめ続ける。

「あの、私の名前も聞こえたけど……」

「ああ。親父に週末君を連れて家に行くと言っておいた」

「そっか、やっぱりちょっと緊張しちゃうな」

「緊張って家に行くこと？　それとも、この状況？」

和輝はふいに声に甘さを溶かし込むと、未来の顎に手を掛けて答えを促す。

「りょっ、両方……」

未来は正直に答えた。

和輝に『抱きたい』と言われて、ぎこちなくうなずいた未来は胸をバクバクさせつつバスルームでことさら念入りに体を洗った。そして今も緊張は続いている。

自分たちは一度肌を合わせているから今さらなのかもしれない。でも、あのとき未来は切羽詰まっていたし、お酒の勢いもあった。改めてこういう状況になると、どうしたらいいかわからないのだ。

和輝は未来の顔をそっと持ち上げた。綺麗な瞳と視線が合う。

「嫌か?」

「嫌じゃないの。今さらだけど、恥ずかしいだけ」

素直に言うと、和輝は「そうか」と愛しげに目を細め、ゆっくり顔を傾けて未来に口づけを落とした。

「ん……」

しばらくいたわるような優しいキスを受けていた未来は、ゆっくりとベッドに横たえられる。

覆いかぶさってきた和輝は、未来の瞼や頬、鼻先にキスを落としつつ、パジャマの上からなだらかな体のラインをゆるゆるとなでる。

「和くんっ……」

羞恥に思わず身をよじると、和輝は顔を上げて熱いため息をついた。

「一緒に暮らし始めてから、ずっとこうしたくてたまらなかった」

それは未来にとって少し意外な告白だった。

「でも、和くんここで一緒に寝ても……」

「手を出さなかったのにって思ってる?」

「う、うん」

その通りなのでうなずくと、和輝は大きな手のひらで未来の頬を包む。

「万が一にでも体目的と思われたくなかった。最初をあんな形で奪ってしまったから、二度目はきちんと気持ちを伝えて受け入れてもらってからと思っていた。まあ、かなりの理性と忍耐が必要だったが」

「そんなふうに思ってくれてたんだ……」

「俺は、未来の心も体も両方欲しい」

和輝の真摯な求めに、未来の心は喜びに震える。

大好きな人が自分をこんなにも深く想い、求めてくれている。なんて幸せなんだろうと。

「両方ともとっくに和くんのものだよ。これからもずっと」

涙が出そうになりながら未来も和輝に手を伸ばし、微笑みとともに頬に触れた。

「未来……」

和輝は一瞬息をのむと、切なげな表情で再び吐息を重ねてきた。

「ん……っ」

キスは、徐々に角度を変え深いものへと変わる。

熱情を流し込まれるような激しいキスに溺れそうになっている間に、体の力が抜けていく。

彼の手がパジャマのボタンを器用にはずし、素肌に触れた。

「は……あ」

和輝の手のひらに、指に、未来の体は芯からとろとろに溶かされる。

「未来、愛してる」

彼の熱い吐息が首筋を這う。

胸もとに触れた彼の艶やかな黒髪に未来は指を絡ませ、そっと抱きしめる。

「和くん……私も、愛してる」

未来は和輝の愛を受け止め、この上なく幸せな気持ちで二度目の夜を過ごした。

ふたりが想いを通わせて三日後、土曜日の午後。

結婚の意思を報告するため、未来は和輝に連れられて猪瀬の屋敷を訪れていた。

和輝に心配しなくていいと言われてはいたが、やはり緊張する。

リビングで貴久と美津子に迎えられ、大きなソファーに和輝と並んで座る。

井部が紅茶を並べ終わったタイミングで和輝は口を開いた。

「父さん、美津子さん。未来と結婚します」

(え、いきなり言うの⁉)

横でなんの前置きもなくさらりと切り出されたので、未来は慌てて背筋を伸ばす。

「おじさん、美津子さん。私じゃ和く……和輝さんの奥さんにふさわしくないかもしれないけれど、猪瀬家の嫁として努力します。どうか結婚を認めてください」

未来は深々と頭を下げた。

「ああ、やっとなのね！」

「えっ？」

美津子の声に恐る恐る顔を上げる。

「認めるもなにも、私たちは未来ちゃんにお嫁さんにきてもらいたかったんだから、反対なんかしないわ。この日をどんなに待っていたか」

「未来ちゃんが名実ともに私の娘になってくれるんだ。うれしいに決まってる。もう今日からお父さんって呼んでいいからね」

(ど、どういうこと……？)

あまりにも前のめりな反応に困惑したまま、隣の和輝を見る。

「だから心配ないって言っただろう？　この人たちは俺が君を嫁として連れてくるの

を手ぐすね引いて待ってたんだよ」

どこかおもしろくなさそうな顔で和輝は言うが、そんなはずはない。

「でも、美津子さん、和くんにお見合いさせるって……」

「ああ、あれね、少しは効果あったかしら？　〝嫉妬は恋のスパイス作戦〟」

「嫉妬は恋の……？」

意味がわからずきょとんとしている未来に、美津子は心底楽しそうに笑って顚末を話しだした。

美津子は和輝と未来は想い合っていながら、長年の幼なじみの関係が邪魔してお互い気持ちを伝えられないのではないかと思っていた。

「ふたりともうまく隠してたようだけど、ずっと見てきたんだからわかりますよ。和輝が行動起こすのを待ってたら私にお迎えが来ちゃうでしょ。きっかけをつくろうと思って、和輝をお見合いさせる話を未来ちゃんにして、和輝には未来ちゃんには片想い相手がいるっていう〝事実〟を伝えたの」

「なにが事実ですか。振り回される身にもなってください」

ため息交じりに言う和輝に、美津子は心外だという顔をする。

「事実ですよ。ふたりがいつまでも遠慮してるなら、正式な縁談という形で無理やりにでもお見合いさせようと思っていたし、未来ちゃんに好きな人がいるっていうのは本人が教えてくれたじゃない」

（美津子さん、私の片想い相手が和くんだって気づいてたんだ……）

さすが猪瀬家の女主人、そして年の功。気づいていた上に、一度だけした〝恋バナ〟をそんなふうに利用されるとは。

「先週、俺がひとりで実家に戻ったのは美津子さんに釘をさすためだったんだ。未来を口説いている最中だから、見合いはしないと。そうしたら、してやったりという顔で『じゃあ、さっさと未来ちゃんを落としてちょうだい』と言われたんだ。それで美津子さんが最初からめんどくさいことをたくらんでたんじゃないかと気づいた。だいたい予想はついていたが」

冷めた顔で和輝は紅茶を口に運ぶ。

（前に和くんがお屋敷から戻った後なんとなく様子が違ってたのは、加奈さんとの縁談じゃなくて、美津子さんのせいだったんだ）

これ以上祖母に引っかき回されたくないと思っていた矢先、来社した日比野加奈によりさらにこじれてしまったというわけだ。

「お見合いといえば、日比野さんには困ったものね。縁談は五年前にはっきりお断りしたのに」

　美津子はやれやれという顔をする。

　イノセの社内で流れていた加奈との縁談話は、加奈がイノセの海外営業部を使って意図的に流したものだったらしい。

「未来ちゃん、なにがあったか和輝から聞いたよ。嫌な思いをさせて悪かった。日比野社長にはやんわりとクレームを入れておいたから。久々に帰ってきた娘かわいさでわがままに付き合っていたようだが、結局は経営者として冷静に判断して謝罪してくれた。加奈さんはプロジェクトからはずした上、本社移転についてはこのままうちに発注してくれるそうだ」

　貴久の言葉に、未来はホッと胸をなで下ろす。

　日比野楽器が大事な得意先なのは未来もよく知っている。今回の件で両社の関係が悪くなったらつらいものがあった。

「よかった……」

　ホッと息をつく未来の手を和輝は慰めるように握った。

「もう君はなにも心配しなくていい。全部キューピットを騙った美津子さんの悪乗りから始まって、ただ踊らされたんだよ」

「あはは……。でもそのぶん覚悟が決まった気がするから、いいかもしれない」

たしかに美津子に和輝が見合いをするという話を聞かなければ、未来は誕生日の夜、あそこまで自暴自棄にならなかったかもしれないし、和輝が自分をずっと想ってくれていたなら、自然に想いを通わせる時がきたかもしれない。

でもこじれたぶん、和輝と想い合えた今がなににも代えがたい幸せに思えるし、この先多少の困難があったとしてもがんばれる。

「それでこそ未来ちゃん！　でも、覚悟なんていらないのよ。未来ちゃんは今のままで十分」

美津子は両手を合わせて声をあげた。

「でも私、礼儀作法とかちゃんとできなくて」

「昔と違って今はたいして必要ないわよ。それに、ここで基本は全部教えたでしょう？」

たしかに屋敷でご厄介になっていた間やひとり暮らしを始めた後も、定期的に着付けやマナー、料理などを美津子や井部、ほかの使用人たちに習ってはいた。

「でも、ただの楽しい習い事感覚だったんですけど……」

「未来ちゃんは素直で器用だから、なんでも身に着くのが早かったわぁ」

「まさかお母さん、そんなに前から未来ちゃんを猪瀬の嫁にしようと画策していたとか……」

「うふふ、どうかしらね？」

貴久と美津子の会話を聞いているうちに、本当にこの家に嫁として歓迎されている実感が湧いてくる。

「私、ただでさえ皆さんに迷惑かけたのに……こんなに優しく迎え入れてもらって……ありがとう、ございます」

胸がいっぱいになり、声を詰まらせる未来の肩を和輝がそっと抱き寄せた。

「未来に迷惑かけられたなんて、この家の人間は誰ひとりとして思っていない」

「そうだよ。我が家は君の存在と笑顔でどれだけ救われてきたか。こちらこそありがとう。それと、これからもよろしく」

貴久はやわらかい声で未来に言った後、和輝に視線をやった。

「和輝。未来ちゃんを必ず幸せにしなさい」

「言われなくてもそのつもりです」

「おじさん、和くん……」

貴久の優しさと、和輝の力強い返事に、さらに涙腺が緩んでくる。

「で、いつ婚約を公表するんだ？」

「そうですね、週明けには」

「えっ！」

思いがけない展開に出そうになった涙が引っ込んだ。

「待って待って和くん、早すぎない？　普通はもうちょっと根回しとか、あと心の準備とか」

「また変な噂が流れても困るからな。それに未来に懸想する輩を一気に駆除したい」

「駆除って害虫みたいに。それにそんな人……」

いないとは言えない。尾形の顔が頭をよぎり、一瞬言いよどんだ未来の様子を貴久も和輝も見逃さなかった。

「和輝、急いだ方がいいな。うちの嫁に悪い虫でもついたら大変だ。で、結婚式は？」

「遅くとも十月には挙げたい。ああ、場所も形式も未来が好きなようにしたらいいからな」

未来の肩を抱き寄せたまま和輝が言う。

「十月？　あと三か月くらいしかないんですけど。普通いろいろ準備とかあるよね」

大企業の跡取り息子の結婚式だ。もっと時間をかけて、会場選びや招待客の選出などするものではないのだろうか。

これでは和輝は場所も形式もこだわらないけど、スピードだけにこだわっているように思える。

「そんなものどうにでもなる」

「なるね」

「楽しみねぇ。屋敷のお庭で披露パーティーっていうのもいいわね。晶子さんがお嫁にきたときもそうしたじゃない」

「十月ならゲストにお庭も楽しんでいただけますね。そうなった際は使用人一同全力でおもてなしさせていただきます」

和輝、貴久、美津子、さらにはいつの間にか井部も加わっている。

(みんなノリノリで誰も止める人がいない……！　急展開すぎて違う方向で心配になるんですけど)

突っ込むタイミングを失い、口をパクパクとする未来。

「うふふ、未来ちゃん。猪瀬の血を引く男はもれなく愛が重いの。一度捕まえられたら一生放してもらえないわよ。覚悟してね」

将来の義祖母は、しわのある顔で上品に笑った。

エピローグ

「よし、こんな感じでいいかしらね、最後にちょっと押さえるからじっとしてて」

「うん」

ドレッサーの前で未来の横に立つ雪成が、ルースパウダーを取り出す。

今日の彼は、爽やかなブルーのパンツスーツにパールベージュのパンプスを合わせている。ドレスアップしつつも動きやすい格好だ。

猪瀬の屋敷の客間。今日は花嫁の控室となったこの部屋で、未来は雪成にヘアメイクをしてもらっていた。

未来が身に着けているのは、ソフトチュール生地を使ったオフホワイトのウエディングドレス。胸の下に切り替えがあり、そこからスカートがすとんと落ちるエンパイアラインで丈はぎりぎり床に着くぐらいのものだ。

髪形は緩いアップで、メイクも先ほどまでの白無垢姿とはガラッと変わりナチュラルに仕上がった。

「さっきの白無垢姿も最高に綺麗だったわ～。神社の挙式のよさを再認識しちゃった」

「緊張したけど、背筋が伸びたよ」

十月中旬、日曜日の今日。

穏やかな天気に恵まれる中、猪瀬家からほど近い神社で和輝と未来は結婚式を挙げ、屋敷に戻ってきたところだった。

由緒正しいその神社は和輝の両親も式を挙げ、和輝の七五三も行った縁のある場所だと聞き、未来もここで挙げたいと希望した。都会の中にありながら、一歩足を踏み入れると凛とした静けさを感じる境内の雰囲気に惹かれたのもある。

未来の希望を猪瀬家の人たち、もちろん和輝も快く受け入れてくれた。

家族やごく親しい人に見守られながら交わす三三九度は、感動的なものがあった。

そこには父とともにパートナーの女性の姿もあった。

新しいマンションで父と暮らし始めた彼女と未来はすでに何度か会っている。ユーモアがあるが決して出しゃばらない優しい女性で、すぐに打ち解けることができた。

娘の結婚を見届けた後、父は正式に再婚するつもりでいるらしい。彼女は式の参列は遠慮していたが、嫌でなければとお願いした。

「まあ、和装は着なれないし疲れるわよね。あとはリラックスして楽しんでおいで。しかしガーデンパーティーって、ほんとに自宅のガーデンでパーティーできる家があるなんてねぇ」

雪成は感心したように言う。

この後は屋敷の庭で、友人や会社の同僚などを呼んでお披露目のパーティーが開かれる。

「ユキちゃんもこの後はゲストとして楽しんでね。今日は本当にありがとう」

雪成は朝からずっと未来に付き添ってくれている。それぞれの衣装に合わせたヘアメイクも彼の手によるものだ。

「いいのよ。言ったじゃない、結婚式では私が最高に綺麗な花嫁に仕上げて送り出してあげたいって。でもこんなに早く実現するとはねぇ」

雪成のからかうような口調に未来は苦笑する。

「当事者の私も驚いているよ」

有言実行の男、猪瀬和輝は、猪瀬家に結婚報告した週明けすぐに未来との婚約を正式に発表した。

予想通り社内中が衝撃に包まれた。

今まで和輝と未来が幼なじみであるのはもちろん、個人的な関わり自体秘密にしていたので当然だろう。

（とくに尾形くんには悪いことしたかも……）

蒼白な顔の尾形に『まさか副社長とは……おめでとうな』と力なく言われたのを思い出す。でもその後は同期として変わらず接してくれているのがありがたい。ほかのメンバーも思う存分驚き終わった後は、これまでと態度を変えずに仕事をしてくれている。もしかしたら距離を取られるかもと懸念していたぶんうれしかった。

一方、桜衣は未来の想いになんとなく気づいていたらしい。

『いつもフロアで副社長の方をうっとり見てたじゃない。想いが通じてよかったわね。まあ、私は未来ちゃんが幸せになるのなら、相手は誰でもかまわなかったんだけど』

冗談めかしながらも、心から祝福してくれているのがわかった。

ちなみに桜衣の婚約者は『副社長、俺に長期出張を命じて桜衣と引き離しておいて、自分はさっさと結婚するなんてひどすぎないか』と本気で拗ねているらしい。もしかしたら桜衣の結婚も早まるかもしれない。

「そういえば、あんたたちはお屋敷《ここ》には住まないの？」

メイク道具を片づけながら雪成が聞いてくる。

「うん、しばらくは和くんのマンションに住むつもりなの」

未来としては、嫁としてこの屋敷に入るのは一向にかまわないのだが、和輝の『新婚のときくらいふたりきりで過ごしたい。家には未来をかまいたい人間が多すぎる』という冗談だか本気だかわからない主張により、もとのマンションにそのまま住み続けている。

「まあ、御茶ノ水なら会社も近くて便利でしょうけど……ていうか、未来仕事続けるんだっけ？」

仕事を続けることに和輝は反対しておらず、無理がない程度なら未来の好きなようにすればいいと言ってくれている。

「職場も仕事も好きだから続けたくて。でも実は営業に未練があるんだよね。前に話したじゃない、営業職になって実際に得意先を回ってみたいって」

副社長の妻という立場だと難しいだろうか。とにかく急展開で結婚までできてしまったので、現実がついてきていない。

「たしかに未来は現場に出てみたいって言ってたわね」

すると雪成は笑みを深めた。

「まあ、仕事をがんばるのも未来らしくて素敵だけど、すぐに妊娠するかもよ？」

「ち、ちょっと、ユキちゃん」

思いもよらないことを言われて慌てたところで、ノックとともに部屋のドアが開かれた。

「未来、仕度できたか？　そろそろ――」

部屋に入ってきた和輝は、未来の姿を見て息をのんだように立ち止まった。

雪成は未来を椅子から立たせ、和輝に見せつける。

「綺麗でしょー。私の手にかかればこんなもんよ」

「わかってはいるが、複雑だな」

和輝は未来の傍らに歩み寄ると、そっと肩を引き寄せた。

想いが通じ合った後、和輝の雪成への誤解は完全に解かれている。

それでも未来がこの上なく気を許している一番近い存在が自分以外の人間であることに、和輝は思うところがあるようだ。

少しだけ眉間にしわを寄せた和輝に、雪成はにっこり笑う。

「今年の未来の誕生日も綺麗に仕上げて送り出したでしょう？　あそこまでしてなにもなかったら、未来の片想い相手は本当に未来を妹だと思ってるか、修行僧なのかどちらかだと思ってたの。まあ、どっちでもなかったみたいだけど」

「ユキちゃんあのとき、そんなふうに考えてたの……？」

あの日雪成は思惑を隠したまま、未来を送り出していたのだ。

「いいじゃない、結局めでたくふたりはくっついたんだから。それに、家出した未来を旦那のところに返したのも私でしょ。ふたりのキューピットとしておおいに感謝してほしいわ」

バチンとウインクする雪成に、和輝はあきれた顔になる。

「俺はそれに相当振り回されたがな。それにしても、俺たちのキューピットは個性的なのしかいないのか」

「あはは……」

もうひとりのしわのあるキューピットを思い出し、未来は苦笑した。

和輝は未来が大学生のとき、街で雪成と一緒にいるところを見たらしく、その親しい様子にふたりが友達以上の関係だと感じていたそうだ。

たしかにあの頃は大学帰りに雪成とよく会っていた。渡米前の彼は今ほど女っぽい雰囲気はなかったので誤解したのだろう。

さらに、美津子が和輝に未来に学生時代から片想いしている相手がいると伝え、その相手が雪成ではないかと思い込んだのは今年の誕生日の少し前だったそうだ。

『その相手と未来が肩を寄せ合った画像を見て平気でいられるわけはないだろう。君がわざわざ送ってくるわけないから、混乱した』

お互い答え合わせをして誤解を解いてみると、いろんな偶然や思惑で関係がこじれていたのだとわかった。

「でも、私たちを思ってしてくれたんだからうれしいよ。ユキちゃんには感謝してる。今日もこんなに綺麗に仕上げてくれたしね」

「さすが親友、物わかりがいいわ。未来の素材のよさを引き立たせる術を一番知っているのは私だから、これからも御贔屓にお願いね」

明るく言った雪成は「でも」と表情を真剣なものへ変え、和輝に視線を向けた。

「私、未来の外側は整えてあげられるけど、本当の意味で綺麗にできるのは猪瀬さんだけだと思ってる。……未来のこと、どうかよろしくお願いします」

和輝は雪成の言葉を正面から受け止め、揺るぎない声で答えた。

「ああ。もちろんだ、輝かんばかりにしてみせる。そして、君が未来にとって大事な存在だともわかっているつもりだ。これからも妻と仲よくしてほしい」

「こっちこそ、もちろんそうさせてもらうわ。さて、未来、私そろそろ会場に行ってるわね！　さっきちらっと見えたけど招待客がイケメンぞろいだったからテンション上がっちゃうわぁ」

一瞬目が潤んだように見えた雪成だったが、おどけて涙をごまかそうとしているのがわかった。

だから未来も胸をいっぱいにしつつ、明るい調子で声をかける。

「ユキちゃん、今日の招待客の男性陣はたいがい奥さんか婚約者がいる人だからね」

「大丈夫、私だって彼氏持ちだもん、あくまで目の保養。じゃあね～」

親友は笑って手を振り、颯爽と部屋を出ていった。

雪成が去りふたりきりになる。和輝は未来の正面に立ちそっと頬に触れる。

「未来、綺麗だ。さっきの白無垢姿もまぶしいほどだったが、このドレスも君にぴったりでまるで妖精みたいだ」

「か、和くんこそかっこいいよ」

ストレートな褒め言葉に赤くなりつつ未来は答えた。

実際、和輝の羽織袴は文句なくかっこよくてずっと見ていたかった。

初めてなのにあんなに堂々と着こなすとは本当にさすがとしか言いようがない。神社の巫女《みこ》さんたちがあんぐりと見惚れてしまうのもわかる。

今彼が着ている明るめのネイビーのウエディングスーツは、今日のために仕立てた物だ。ガーデンパーティーなので改まりすぎないデザインなのだが、これがまた完璧な着こなしだ。

（本当にかっこいい。和くんの存在自体がフォーマルだから、このくらいカジュアルでもちゃんとして見えるんだろうな）

「未来、これは着けないのか？」

ぼんやりと見惚れていた未来は、和輝の声で我に返った。

和輝の視線の先には、ドレッサーの上に置かれた深紫色の小さなケースがあった。

「この部屋を出る直前に着けようと思ってたの」

和輝がケースを手に取り蓋を開けると、中に大粒の真珠のひと粒イヤリングが入っていた。

和輝の母が猪瀬に嫁入りするときに美津子が特注で仕立てて贈った物で、今では値段がつけられないほどに質がよく貴重な品らしい。和輝の母もとても大切にしていたと聞いている。

うっかり落としたりなくしたりしたら大変だと思って、つけっぱなしにするのを避けていたのだ。

「本当に綺麗……」

やわらかで気品のある輝きにうっとりする。

和輝は黙ってケースからイヤリングを取り出し、未来の両耳に優しい手つきで着けてくれる。

「ほら、似合ってる。気にしないで身に着けてくれた方が、母も喜ぶ」

和輝に促されてドレッサーの鏡を見る。耳に飾られた大粒の真珠は思ったよりも重くなく、未来の耳になじんでいる気がした。

「うん、そうだね。さすがに気にしないのは難しいけど、この上なく大切に使わせてもらうね」

未来は鏡で耳もとを見ながら、心の中で和輝の母に呼びかけた。

(和くんのお母さん、イヤリング大事にします。そして、私じゃ足りないところばかりだけど、猪瀬の嫁としてがんばりますので、どうか大きな心で見守ってくださいね)

未来が鏡越しに微笑むと、うしろからやわらかく抱きしめられた。

「もう二度と誤解もすれ違いもないように、隠さず伝え続けるつもりだ。未来、愛してる。結婚してくれてありがとう」

夫の腕の中で体ごと振り返り、未来は心からの笑顔で見上げた。

「私もちゃんと伝えるね。私を奥さんにしてくれてありがとう。和くんのこと、世界で一番大好きだし、愛してる」

和輝はまぶしいものを見るような表情をしてから悔しそうにつぶやく。

「……キスしたら、せっかくの化粧が落ちてしまうな」

「ふふ、ユキちゃんに怒られちゃう」

「じゃあ今はこっちで我慢しておくか」

和輝はなお残念そうな声を出してから、未来の頬に慎重に唇をのせた。その幸せなやわらかさに未来は目を細める。

「そろそろお時間です」と井部に声をかけられ、ふたりは手を取り合って部屋を出る。

「パーティーは祝福してほしい人だけ呼んでいる。変なしがらみはないから気軽に楽しんだらいい」

「いろいろ気を使ってくれてありがとう。でも急なこととはいえ、本当は仕事の関係の人を呼んだ方がよかったんじゃない？」

由緒ある家柄かつ大企業の跡取りの結婚だ。本来なら大勢人を呼んで、豪華な披露宴を催した方がよかったのかもしれない。しかし、和輝は初めからそのつもりはなかったらしい。

「俺がこうしたかっただけだ。仕事のパイプ作りは仕事ですればいい。俺は君を見世物にしたくない」

（本当は、私が気疲れしないように考えてくれたんだろうな）

さっそく甘えきっていると思いつつも、和輝の優しさがうれしかった。

「あれ、おじさん？」

もうすぐ玄関というところで、廊下からこちらに向かって歩く貴久の姿を見つけた。声をかけると貴久は未来を見て破顔する。

「ああ、未来ちゃん、綺麗だ……そのイヤリングもとても似合っているよ。和輝に嫁にやるのが惜しいくらいだな」

「未来が娘になるって一番はしゃいでいたのは父さんでしょう。おかしくないですか」

和輝の眉間にしわがよるのがわかった。

和輝は周囲から冷静でなにを考えているかわからないとよく言われる。しかし、未来に関することだとわりとわかりやすく感情が顔に表れるのだ。うぬぼれかも知れないけれど、想いが通じてからとくにそれを実感している。

「お、おじさんどうしたんですか？　そろそろ時間ですけど」

未来が慌てて間に入ると、貴久は気づいたように、大事そうに持っていた一枚の写真をこちらに差し出すようにして見せた。

「お母さんたちにも、会場でふたりの幸せな姿を見てもらおうと思って探してたんだ。やっと見つかってね。いい写真だろう？」

「これ……」

写真を見て、未来は思わず声を漏らした。

そこには和輝の母晶子、未来の母ゆりえ、小学生の和輝と二、三歳の未来が屋敷の庭の薔薇をバックに一緒に写っていた。和輝と未来は手をつなぎ、母たちはそのうしろで笑みを浮かべている。

その穏やかな表情を見て、さまざまな感情が一度にあふれそうになる。

貴久は微笑みながら手もとの写真に語りかけた。

「晶子、ゆりえさん。君たちが残してくれたこの小さな子どもたちは立派に成長したよ。ちょっと遠回りしたらしいけど、今日無事に結婚したんだ。これからもふたりで天国から見守ってやってくれ」

「おじさん……っ」

もう無理だった。こらえていた涙が一気にあふれ落ちる。

「……父さん、未来を泣かせないでくれますか」

未来を胸に引き寄せて和輝は低い声を出した。しかしその腕が一瞬震えたように思えたのは気のせいだろうか。

「未来、化粧が落ちる」

「それはっ、困るっ……」

「す、すまない、そんなつもりはなかったんだ、未来ちゃん泣きやんでくれ」

あまりにも貴久がオロオロしているものだから、これ以上気を使わせまいと未来は気合で涙を止め、笑顔をつくる。

「私こそ泣いちゃってごめんなさい……もう大丈夫」

「未来をもう少し落ち着かせてから行きます。父さんは先に会場に行ってください」

「あ、ああ、わかった。未来ちゃん、本当にごめん……。あとおじさんじゃなくて、お義父《とう》さんだからね」

「はい……お義父さん」

未来が答えると、貴久は困ったような、それでいてうれしくてたまらないという表情を浮かべその場を後にした。

和輝はハンカチで未来の目もとを慎重に押えながらため息をついた。

「まったく親父には困ったものだな。空気が読めないにもほどがある」

言葉に反して、和輝の目に浮かんでいるのは穏やかで優しい感情だ。

未来は彼のこの本質を知っているからこそ心を寄せ、恋に落ちたのだ。

この先、誰よりも彼の近くにいられる幸せを、改めて未来は噛みしめる。

「さあ、そろそろ俺たちも行こうか、奥さん」

未来が落ち着いたのを確認した和輝はそっと妻の手を持ち上げた。

ふたりの左手の薬指には、一生をともにする証として神社で交換したばかりのお揃いのプラチナの環がきらめいている。

「はい。行きましょう、旦那様！」

夫婦は微笑み合い、しっかり手をつないで歩き出した。

大切な人たちが待つ光あふれた庭へと。

END

特別書き下ろし番外編

完璧な夫とかわいい妻

「乾杯！」

雪成がビールの入ったグラスを上げたので、未来と桜衣もそれにならう。グラスを合わせる音が心地よく鳴った。

「ユキちゃんお声がけありがとね」

「今日は私も交ぜてくれてありがとう」

未来が和輝と結婚式を挙げてから半年ほど経った四月の今日。雪成に時間ができたから飲まないかと誘われ、桜衣と会社帰りにこの居酒屋にやって来た。ほどよく落ち着いた雰囲気で、料理にはずれがないお気に入りの店だ。

こうして三人が集まるのは年が明けてから二度目。

未来の結婚式で雪成を紹介したのをきっかけに、桜衣は彼の勧めるサロンに通うようになった。ふたりは気が合い連絡先を交換し、桜衣は時折彼からファッションアドバイスをもらっているらしい。

そのおかげか、桜衣は前にも増して美しさに磨きがかかった気がする。

彼女が綺麗になったのはそれだけではない気がするけれど。

「あ、サエさんはあまり強くないんだから飲みすぎないようにしてくださいね。ご主人が心配しちゃいますから」

未来はニコニコと先輩に笑いかける。

「はい、重々気をつけます」

苦笑して肩をすくめる桜衣。

彼女はつい一か月前に、海外営業部の結城部長と結婚式を挙げたばかりだ。

桜の花が咲く神社で美男美女が並び立つさまは、絵画のように美しかった。

桜衣も未来と同じく結婚してもそのままイノセに勤め続けており、妻を溺愛する同い年の夫と協力しながら仕事と家庭を両立している。

そんな充実した毎日が彼女を輝かせているのだろう。

「ふたりともラブラブかぁ、うらやまし～！　私なんて今、仕事が恋人になっちゃってるのに」

ビールをあおる雪成は今日も麗しいが、未来には少しだけ疲れた表情に見えた。

「ユキちゃんは相変わらず忙しいの？」

未来がサラダを取り分けて渡すと、彼はため息をついた。

「朝から晩まで走り回ってるわ。実は昨日までドラマ撮影の現場に入ってたの」

「すごいわね。これからもっと予約取りづらくなっちゃうかしら」

「サエさんと未来だけは、ねじ込んでも対応しますよ。どうしても難しいときは信頼できるスタッフを紹介しますから」

雪成はヘアメイクアーティストとして活動の場を着実に広げており、有名俳優から指名されることもあるという。ただ、仕事にかまけているうちに彼氏とは破局してしまったそうだ。

（なんだかんだ言って、ユキちゃんは仕事にまじめで妥協しないからなぁ。そこがかっこいいんだけど）

でも、すでに『もっといい男と出会えるはずよ！』と切り替えて前を向いているのだから、さすが自称恋多き乙女だ。

しばらくそれぞれの近況を話した後、雪成が「そういえば」と口を開いた。

「未来、来月誕生日でしょ。今年も猪瀬さんとふたりでお祝いするの？」

「うん、その予定。平日だけど、おいしい物食べに行くことになってるんだ」

相変わらず副社長として多忙な和輝だが、例年同様に未来の誕生日はなにがあっても夜の時間を死守すると言ってくれている。

和輝お勧めのレストランでのディナーを、未来は今から楽しみにしていた。

「あらそう、楽しみね。副社長は未来ちゃんのこと、すごくかわいいんでしょうね」

微笑ましそうな顔をする桜衣の横で、雪成はニヤニヤし始めた。

「そりゃあそうですよ。愛しの妻ですもん。きっと彼、毎日心の中で俺の妻は世界一かわいい！って叫んでますよ」

「もう、ユキちゃん酔うの早くない？」

未来は揚げ出し豆腐に伸ばしかけた箸を止め、頬を熱くした。

もちろん心の中で叫んでいるなどとは思わないが、結婚して半年、夫となった和輝は前にも増して自分を大事にしてくれている。

年末年始を使って行った新婚旅行。行き先は未来の希望を叶えてくれた。フランスを訪れ、ずっと憧れていたモンサンミッシェルを和輝と歩いたのは一生の思い出だ。

先週末も未来が少し前にオープンした大型ショッピングモールに行ってみたいとこぼしたのを覚えていたらしく、朝から車で連れ出してくれた。

忙しい日常の中でも家事を率先して行ってくれるし、妻へのいたわりの言葉も欠かさない。

なにより彼から向けられる視線に深い愛情を感じるから、未来は夫に対してなんの不満もない。

（むしろ申し訳ないくらいなんだよね……だって私は和くんになにも返せてない）

自分は名字が猪瀬になったものの、生活は結婚前ととくに変わっていない。イノセの副社長、猪瀬家の嫁は本来もっといろいろがんばるべきではないのだろうか。

「未来ちゃん？」

物思いにふけっていた未来に桜衣が首をかしげた。

「よく考えてみたら私、夫に頼りきりで、妻としてこれでいいのかと思いまして」

未来が今さら気づいた事実に落ち込んでいると、雪成があきれた声を出す。

「未来はなんでもまじめに考えすぎなのよ。旦那はかわいい嫁に頼られたらうれしいに決まってるでしょーが。ていうか、のろけにしか聞こえないんですけどぉ～」

仕事の疲れのせいなのか、雪成はいつもより酔うのが早い。絡み酒になり始めている気がする。

「ユキちゃん明日もお仕事あるんでしょ、ほどほどにしてね」

「はーい。あ、お兄さんビールお代わり！　あとだし巻き卵も」

未来の心配をよそに、雪成は勢いよく店員を呼び追加注文する。

「もう……」

ふたりのやりとりを見て桜衣が笑みを浮かべた。

「うふふ、私もユキさんと同意見。夫婦のことに口出すのは野暮かもしれないけど、未来ちゃんはそこまで悩まなくていいと思う。それにしても、学生時代からユキさんみたいな友達がいてうらやましいわ」

すると雪成は突然前のめりになった。

「ですよね！　サエさん聞いてくれます？　私がどれだけ猪瀬夫妻の恋のキューピット役として活躍したか」

「それは興味あるわね」

「待って、お願いユキちゃん恥ずかしいからやめて！」

そうこうしながら、女子会の時間は賑やかに楽しく過ぎていくのだった。

迎えた五月二十一日の夜、未来は定時後に一度家へ帰り仕度を済ませた後、車で迎えに来た和輝とともに汐留《しおどめ》にあるホテルのレストランを訪れた。

二十八階にある広い店内の窓側、眺めのいい席でふたりはシャンパンで乾杯する。

「未来、誕生日おめでとう」

「和くんありがとう。一年経つのあっという間だったよ」

本当にこの一年はさまざまなことがあった。

ちょうど一年前の今日彼に初めてを捧げ、数日後に同居が始まった。

いろいろすれ違いながらも想いを通わせ、直後にプロポーズ。受け入れた数か月後に結婚式、さらには新婚旅行。なかなか濃い二十五歳だった。

(二十六歳は、和くんの奥さんにふさわしい、自立した大人の女性になりたいな)

先月雪成と桜衣との女子会で自分は和輝に頼りきりだと気づいた未来は、このままではいけないと家事に精を出してみたり、美津子に教えを請いに猪瀬の屋敷へ出向いたりしている。

しかし、家事は料理の品数を増やしたり掃除を念入りにしたりするくらいしかできず、屋敷では美津子が未来と世間話をしたがり、気づけば楽しくお茶を飲んで帰ってくるだけになっている。

やがて運ばれてきた前菜の皿を見て、未来は感嘆の声を出した。

「す、すごい、食べるのがもったいないくらい綺麗」

「さすが手が込んでるな」

テーブルの向こう側に座る和輝も感心している。

このレストランはモダンフレンチをコンセプトとしており、食材や調理法、盛りつけ方も有名シェフがこだわり抜いており、食通たちを魅了している。……というのは、未来がホテルやグルメ関連のホームページで事前に仕入れた情報だ。

その後も、まるでお皿がキャンバスになったかのような芸術的な料理が次々と運ばれ、そのたびに未来は目も舌もとりこになる。

メインの黒毛和牛フィレ肉のステーキは、口に入れると上品な脂の甘さが広がる。

あまりのおいしさに思わず声が漏れた。

「ん～、おいしいっ！」

フォークとナイフを握る手を震わせ感動していた未来は、向かい側から視線を感じはっとして顔を上げる。

「よかったよ。気に入ってもらえて」

和輝はこちらを見て表情を緩めていた。

「あ……」

（しまった、こんな高級なお店でいちいちはしゃいじゃって、品がなかったかも）

「ご、ごめんね、つい感動が声に……」

「いや、それだけうまかったんだろう？」

肩をすくめる未来に和輝はゆったり微笑む。その落ち着いた様子はこの優雅な雰囲気の店内であってもなんら遜色《そんしょく》ない、むしろふさわしいものだった。

（やっぱり和くんはこういうお店にも慣れてるんだ。エスコートも完璧だったし余裕が違う。それに比べて私はだめだな。ちっとも落ち着いた大人の女性になれてない）

心の中でシュンとしたが、なんとか笑顔で背筋を伸ばし、食事を再開した。

デザートを食べ終える頃、コーヒーカップを下ろした和輝が口を開く。

「未来、部屋でゆっくり飲み直すか」

「うん、そうだね」

今日ふたりはこのホテルに泊まる予定でいた。

数日前に和輝が『仕事の調整がつきそうだから未来がいいなら一泊するか』と言ってくれたので、せっかくだからのんびりしたいと思った未来は明日休暇を取った。和輝は午後から出勤予定になっている。

和輝にエスコートされて訪れたのは、高層階のスイートルームだった。ベッドルームとリビングが別になっており、広い空間にモダンですっきりとしたデザインの調度品がセンスよく置かれている。

（こんなにいいお部屋だったなんて。もしかしたら和くんは最初から仕事の調整をつけるつもりで、事前に部屋を押さえてくれていたのかも）

大きな窓に未来は吸い寄せられるように歩み寄る。

「すごい、こっちからだと海も見えるんだ」

東京湾《とうきょうわん》と高層ビル群の夜景に、未来は目を奪われた。

和輝の気持ちがうれしい。でも彼の優しさを感じるたびに、不安になるのはなぜだろう。

(きっと私、本当は……)

「未来」

自分の考えに沈みかけた未来は名前を呼ばれ、振り返る。そこには大きな花束を手に和輝が立っていた。

「改めて、誕生日おめでとう」

「え……」

目を瞬かせた未来は、差し出されるまま花束を受け取った。

「あ、ありがとう」

ピンクのバラがメインのそれは、去年の誕生日、バーで受け取った物と雰囲気が似ているが、あのときよりボリュームが増え、抱えるほどの大きさになっていた。

「綺麗……このバラ、去年と似てる？」

「同じバラだ。かわいい雰囲気が君にぴったりで、花言葉も俺の気持ち通りだから」

「花言葉？」

「そう、意味は……」

和輝は未来の胸もとにある大きな花束ごとふんわり抱きよせ、耳もとでそっとささやいた。

「愛しています」

「和くん……」

「これからもずっと未来を愛し続ける。俺と結婚してくれてありがとう」

和輝の声に胸が甘く締めつけられ、視界のピンク色が徐々に滲む。

いつしか未来の目から涙がこぼれていた。

一年前『未来にぴったりだ』といってこの色の花束をもらったとき、かわいらしくてうれしい反面、和輝にとって自分はかわいいだけの存在で、女性として見られていないのだと寂しくなった。

でも違った。和輝はこの色の自分をそのまま愛してくれるのだ。昔もこれからも。

「未来？」

和輝は未来の泣き顔に驚き目を見開くと、心配そうにこちらを覗き込んでくる。

「実は私、最近ちょっと焦ってたの。和くんが完璧な旦那様すぎて」

未来はポツポツと話し始めた。

非の打ちどころがない完璧な夫は、そもそも生まれも育ちも背負っているものも違う。それに対して、自分は妻としての役割を果たせていないのではと感じていた。

以前加奈に言われた『彼の結婚相手は、猪瀬家に釣り合う名家の女性でなければ無理』という言葉。乗り越えたつもりでいたけれど、本当は心の奥底に傷跡のように残っていたのかもしれない。

だから妻として嫁として正しくあろうと気持ちだけ前のめりになって焦り、不安になっていたのだ。

「でも、完璧な和くんが選んだのが私、猪瀬未来だって開き直ることにする。自分なりにがんばるね」

きっと彼はどんな自分でも愛してくれる。目の前のバラの花束を見てそう思った。

吹っ切れた気持ちになり、和輝の腕の中で花束をそっと抱きしめる。彼は未来の目尻の涙を指で拭いながら小さく息をつく。

「最近やけに家事を張りきったり、家に行ったりしていたのはそういうことか」

「うん、なにかしなきゃと思って」

「その気持ちはうれしいが、君は普段から十分やってくれている。無理はしないでほしい。俺は未来が笑顔でなくなるのがなによりつらいから」

和輝は真剣な顔で未来の髪に手を伸ばす。

「どんな小さいことでも、口に出して、気持ちを分け合いながらやっていこう。もう二度とすれ違わないように。俺たちは夫婦なんだから」

「……はい」

優しい手つきで髪をなでられ、未来は心からの笑顔で夫を見上げた。

「食事をしているときから少し元気がない気がしたんだが、そういうことを考えていたのか」

しばらく緩く抱き合っていると、和輝が口を開いた。どうやら未来の心の揺れに気づいていたようだ。

「うん、おいしいお料理を前にはしゃいじゃったから、大人の和くんとの差を感じてちょっとナーバスになってた。ごめんね、せっかく誕生日祝ってくれたのに」

「いや、気にしなくていい。それに」

和輝は一度言葉を切ってから、口の端を上げた。

「未来は俺のことを大人とか完璧だとか言ってくれるが、あのとき目を輝かせて食事をする妻がかわいすぎて、早くふたりきりになりたいと思っていたと言ったら、幻滅するか？」

和輝は未来から花束をやんわり取り上げると、テーブルに置いた。

「ふたりきりって……」

すぐに意味が理解できない未来の腰に手が掛かる。

「バーに行かずに部屋に直行したのはこうしたかったら」

あっという間に逞しい体に引き寄せられ、唇が重なった。

優しくそれでいて熱情のこもった唇を必死に受け止めつつ、未来は吐息を漏らす。

「ん……っ、部屋で、飲み直すって……」

「口実だな」

「え……」

唇を離した和輝は未来の鼻先で笑う。

「かわいい妻の前では、俺もただの男なんだよ」

和輝はすっと身を屈め、軽々と未来を抱え上げた。

「わっ！」

視界が突然上がり未来は慌てて和輝の首にしがみつく。いわゆるお姫様抱っこの状況だ。

これから運ばれていく場所は、わかっていた。

「俺は未来がいるだけで幸せだってこと、ゆっくり教えさせて」

愛しい夫に色気たっぷりに誘惑されたら抗えないし、抗うつもりもない。

でも、さっき大事なことを言い忘れたと思い出した未来は、これだけは伝えようとベッドルームに向かう夫の耳もとに唇を寄せ、心を込めてささやいた。

「私も、これからもずっと和くんを愛し続けるね。私を選んでくれてありがとう」

END

あとがき

森野りもです。本作を最後までお読みいただきありがとうございました！

今回のテーマは幼なじみのすれ違い両片想いです。ずっと温めていたネタをやっと形にできたもので、こうして書籍化していただきとてもうれしいです。

年の差幼なじみの恋愛、いいですよね。よくある設定ですが大好きです！

ヒーローを悶々とさせるのが趣味なので、今回も和輝目線になった途端三倍速で執筆がはかどりました。

ユキちゃんは少々キャラ付けに悩みましたが、大活躍してくれました。自分をよく理解してくれるオシャレで優しい彼と未来は一生仲よくしていくことでしょう。

未来はとにかく素直ないい子です。つらい時期もあった彼女を見守ってきた人たちの温かさも感じてもらえたらと思います。

実は本作には、これまで私が書いた作品の登場人物が出てきます。未来の先輩桜衣はがっつり、ほかにも和輝の電話の相手などいくつか小ネタも入っております。

存在しか言及されていなくてもつながっている人もいて、細かすぎてここまでくると私の自己満足です。書籍化されていない作品はベリーズカフェで読んでいただけるのでよかったら見つけてみてくださいね。

表紙イラストを手掛けていただいたのは秋月かづ先生です。イラストを拝見したとき「未来ちゃん、こんなにかわいくなって」とアイドルデビューを見守る親戚のようなうれしい気持ちになりました。華奢な体つきから表情まですべてがかわいい！

これまた完璧イケメンの和輝に抱っこされ、両手を首に回す構図もたまりません……秋月先生、キュンとする美麗なイラストを本当にありがとうございました！

最後に、この作品の出版に携わってくださったすべての方々にお礼申し上げます。なにより、作品を読んでくださったあなたに心からの感謝を。ありがとうございました。

去年からジムに通い続けて丸一年。奇跡的に続いております。これからも健康を維持しつつ、楽しく幸せなお話を書いていきたいです！

またお会いする日を楽しみに。

森野《もりの》りも

森野りも先生への
ファンレターのあて先

〒104-0031
東京都中央区京橋1-3-1
八重洲口大栄ビル7F
スターツ出版株式会社　書籍編集部　気付

森野りも先生

本書へのご意見をお聞かせください

お買い上げいただき、ありがとうございます。
今後の編集の参考にさせていただきますので、
アンケートにお答えいただければ幸いです。

下記URLまたは二次元コードから
アンケートページへお入りください。
https://www.ozmall.co.jp/enquete/IndexTalkappi.aspx?id=2301

別れを決めたので、最後に愛をください
～60日間のかりそめ婚で御曹司の独占欲が溢れ出す～

2024年5月10日　初版第1刷発行

著　者　森野りも
©Rimo Morino 2024

発行人　菊地修一

デザイン　ナルティス

校　正　株式会社文字工房燦光

発行所　スターツ出版株式会社
〒104-0031
東京都中央区京橋1-3-1　八重洲口大栄ビル7F
TEL　03-6202-0386（出版マーケティンググループ）
TEL　050-5538-5679（書店様向けご注文専用ダイヤル）
URL　https://starts-pub.jp/

印刷所　大日本印刷株式会社

Printed in Japan

乱丁・落丁などの不良品はお取替えいたします。
上記出版マーケティンググループまでお問い合わせください。
定価はカバーに記載されています。

ISBN 978-4-8137-1581-8　C0193

ベリーズ文庫　2024年5月発売

『女嫌いの天才脳外科医が激愛に目覚めたら～17年脈ナシだったのに、容赦なく独占されてます～』　滝井《たきい》みらん・著

真面目OLの優里は幼馴染のエリート外科医・玲人に長年片想い中。猛アタックするも、いつも冷たくあしらわれていた。ところある日、無理して体調を壊した優里を心配し、彼が半ば強引に同居をスタートさせる。女嫌いで難攻不落のはずの玲人に「全部俺がもらうから」と昂る独占愛を刻まれていって…!?

ISBN 978-4-8137-1578-8／定価759円（本体690円＋税10%）

『クールな御曹司と初恋同士の想い想われ契約婚～愛したいのは君だけ～』　惣領莉沙《そうりようりさ》・著

会社員の美緒はある日、兄が「妹が結婚するまで結婚しない」と誓っていて、それに兄の恋人が悩んでいることを知る。ふたりに幸せになってほしい美緒はどうにかできないかと御曹司で学生時代から憧れの匠に相談したら「俺と結婚すればいい」と提案されて!?　かりそめ妻なのに匠は蕩けるほど甘く接してきて…。

ISBN 978-4-8137-1579-5／定価748円（本体680円＋税10%）

『契約夫婦はここまで、この先は一生溺愛です～エリート御曹司はひたすら愛して逃がさない～【極甘婚シリーズ】』　未華空央《みはなそらお》・著

恋愛のトラウマなどで男性に苦手意識のある澪花。ある日たまたま訪れたホテルで御曹司・蓮斗と出会う。後日、澪花が金銭的に困っていることを知った彼は、契約妻にならないかと提案してきて!?　形だけの夫婦のはずが、甘い独占欲を剥き出しにする蓮斗に囲われていき…。溺愛を貫かれるシンデレラストーリー♡

ISBN 978-4-8137-1580-1／定価748円（本体680円＋税10%）

『別れを決めたので、最後に愛をください～60日間のかりそめ婚で御曹司の独占欲が溢れ出す～』　森野《もりの》りも・著

OLの未来は幼い頃に大手企業の御曹司・和輝に助けられ、以来兄のように慕っていた。大人な和輝に恋心を抱くも、ある日彼がお見合いをすると知る。未来は長年の片思いを終わらせようと決心。もう会うのはやめようとするも、突然、彼がお試し結婚生活を持ちかけてきて！未来の恋の行方は…!?

ISBN 978-4-8137-1581-8／定価748円（本体680円＋税10%）

『離婚前提婚～冷徹ドクターが予想外に溺愛してきます～』　真彩《まあや》-mahya-・著

看護師の七海は晴れて憧れの天才外科医・圭吾が所属する循環器外科に異動が決定。学生時代に心が折れかけた七海を励ましてくれた外科医の圭吾と共に働けると喜んでいたのも束の間、彼は無慈悲な冷徹ドクターだった！　しかもひょんなことから契約結婚を持ち出され…。愛なき結婚から始まる溺甘ラブ！

ISBN 978-4-8137-1582-5／定価748円（本体680円＋税10%）

ベリーズ文庫　2024年5月発売

『双子パパは今日も最愛の手を緩めない～再会したパイロットに全力で甘やかされています～』　白亜凛《はくありん》・著

元CAの茉莉は旅行先で副操縦士の航輝と出会う。凛々しく優しい彼と思いが通じ合い、以来2人で幸せな日々を過ごす。そんなある日妊娠が発覚。しかし、とある事情から茉莉は彼の前から姿を消すことに。「もう逃がすつもりはない」――数年後、一人で双子を育てていると航輝が目の前に現れて…!?

ISBN 978-4-8137-1583-2／定価748円（本体680円＋税10%）

『拝啓、親愛なるお姉様。裏切られた私は王妃になって溺愛されています』　友野紅子《とものこうこ》・著

高位貴族なのに魔力が弱いティーナ。完璧な淑女である姉に比べ、社交界デビューも果たせていない。そんなティーナの危機を救ってくれたのは、最強公爵・ファルザードで…!?　彼と出会って、実は自分が〝精霊のいとし子〟だと発覚！　まさかの溺愛と能力開花で幸せな未来に導かれる、大逆転ラブストーリー！

ISBN 978-4-8137-1584-9／定価759円（本体690円＋税10%）

ベリーズ文庫 2024年6月発売予定

Now Printing

『王子さまはシンデレラを独占したい』 晴《はる》日《ひ》青《あお》・著

OLの律はリストラされ途方に暮れていた。そんな時、以前一度だけ会話したリゾート施設の社長・悠生が現れ「結婚してほしい」と突然プロポーズをされる！しかし彼が求婚をしてきたのにはワケが合って…。愛なき関係だとバレないために甘やかされる日々。蕩けるほど熱い眼差しに律の心は高鳴るばかりで…。

ISBN 978-4-8137-1596-2／予価748円（本体680円＋税10%）

Now Printing

『婚約破棄された芋虫令嬢は女嫌いの完璧王子に拾われる』 やきいもほくほく・著

守護妖精が最弱のステファニーは、「芋虫令嬢」と呼ばれ家族から虐げられてきた。そのうえ婚約破棄され、屋敷を出て途方に暮れていたら、女嫌いなクロヴィスに助けられる。彼を好きにならないという条件で侍女として働き始めたのに、いつの間にかクロヴィスは溺愛モード!?　私が愛されるなんてありえません！

ISBN 978-4-8137-1597-9／予価748円（本体680円＋税10%）

タイトル、価格等は変更になることがございますのでご了承ください。